勇者と呼ばれた後に
して無双男は家族を創る―

「どうだ。マナを使っての形態変化。
人間とは段違いのマナ蓄積量を持つ
ドラゴン族だからこそできる芸当よ」

「……ほう。お前、女だったのか」

イヴリース
アリス

ソフィア
ロイド＝ブランク

周囲から取り込んだマナを発動。
全身から放出した青白い光が右手へと集まっていく。
ロイドは軽く拳を振るい、結界にぶつけた。

# CONTENTS

# 勇者と呼ばれた後に

―そして無双男は家族を創る―

空埜一樹

講談社ラノベ文庫

口絵・本文イラスト／さなだケイスイ
デザイン／柊椋（I.S. W DESIGNING）

# 序章　支配者の最期

周囲には、死屍《しし》累々とした山が築かれていた。

血と臓物と糞便《ふんべん》が混じり合って生まれた悪臭が漂う中、ロイドは一人、大地に立っている。

目の前には仰向《あおむ》けになったままの男が居た。

もはや動くことすら叶《かな》わぬというように四肢を投げ出し、漏らす息はか細く、今にも絶えてしまいそうだ。

厳《いか》めしい顔に全てを射貫《いぬ》くかのような鋭い目をもち、身に纏《まと》うどす黒い血に塗《まみ》れた豪奢《ごうしゃ》な服の下には、厚い外套《がいとう》が広がっている。

尖《とが》りを見せる二つの耳は、ロイドとは異なる種族――魔族である証《あかし》だった。

「……見事だ、人間よ」

やがて男は呟《つぶや》いた。消え入りそうな声で。

「その力、まさに称賛……いや、驚嘆に値する。まさか我が数十万を誇る軍勢を、たった独りで打ち倒すとはな」

ロイドは答えない。剣を携えたまま黙然と男を見つめていた。

「しかしそれだけに、お前のこの後を思うと哀れに思えてならない」

男は天を仰いだままで薄く笑う。

「お前の持つ力はあまりに度を超えている。ともすれば神に近い――いや、それすらも超えるかもしれぬ。だが、故にこそ目的を果たした今、この世界にお前の居場所はあるまい」

喋《しゃべ》り過ぎたために傷が痛むのか、顔をしかめながらも、男は語ることを止《や》めない。

伝えるべきことを、全て伝えるかのように。

自らを倒した相手へ贈るべき言葉を強引にでも紡ぐべきだと、そう考えているように。

「生きとし生ける者は強きものを尊《とうと》ぶ。従う。頭《こうべ》を垂れる。だがそれが過ぎたる時、尊敬も忠心も憧憬も全てが恐怖に塗り潰される。お前を前にした時、あらゆる者は得体の知れない『何か』を目にしたかのようにして、ただ、怯《おび》えるだろう」

尚《なお》も口をつぐみ続けるロイドを、男は、弱々しい動作で見つめてきた。

「皮肉なものよ。誰もに望まれた救世主は、世界を救った今、また別の脅威となるのだ」

目を細め、心の底から憐憫《れんびん》の情を抱くように。

「その覚悟がお前にあるのなら、さぁ、止《とど》めを刺すがいい。我が命――その血がお前の新たなる道を彩る色となれるのであれば、それもまた良《い》い」

ロイドは、わずかに間を空《あ》けて、男へ一歩近づいた。

わずかに肘《ひじ》を引き、手に持った剣の切っ先を相手に定める。

「……じゃあな、魔王」

短い言葉を一つ残し。

「ああ――さらばだ、勇者よ」

ロイドは剣を突き出し、世界の敵たるその胸を貫いた。

遠く彼方《かなた》で血飛沫《ちしぶき》が上がる。

少女は震えながら、その光景をただ見つめることしかできなかった。

何の感情も宿さぬ目で。あまりにも、無造作な動きで。

その男は、虫けらでも殺すが如《ごと》く、少女の大切なヒトの命を奪った。

「ああ……」

全身から力が抜け、その場に膝《ひざ》をつく。

様々な気持ちが己の内側で入り乱れ、それははっきりとした形を持たない、けれど明確な残酷さでもって心を抉《えぐ》る。

「ああ――」

少女は双眸《そうぼう》から流れる滂沱《ぼうだ》の涙を感じながら、口元を押さえ、震える声で嘆いた。

今にも飛び出して行きたい。飛び出して、あの男を殺してやりたい。

そんな想《おも》いが全身を支配していた。

自らの生を後悔するほどに凄惨で、悲惨で、絶望的な方法で。

「今は、生き延びるのです」

背後で従者の声がする。少女の心中を察しながら、それでも尚、押しとどめるように。

「あなたはあの方が残された、最後の種。いつか芽吹くその時まで、耐え忍ぶのです」

そう。その通りだ。

感情で動いたところでどうなるというのだ。

今はまだ、あらゆる意味で、力が足りない。

少女は頷《うなず》き、ようやく立ち上がった。

後ろ髪を引かれるような気持ちのまま。

それでも強引に振り切って、戦場に背を向け、ゆっくりと歩き始める。

いつか、辿《たど》り着《つ》く——未来へと向けて。


……人間と魔族。かつて、二つの異なる種族の争いがあった。

両者の力は当初、拮抗《きっこう》していたが、魔族たちの中から計り知れぬ力を持つ頭領——魔王と呼ばれた者が登場したことにより、一気に人間側の劣勢となる。

ただそれも、突如として現れた存在【勇者】によって再度、一変した。

人智《じんち》を超えた力を誇る勇者によって魔王軍は次々と駆逐されていき、ついに魔王ですらもその手によって討たれたのだ。

生き残ったわずかな魔族たちもそれを契機に攻め込んできた人間側の侵攻によって散り散りとなり、ついに勝敗は決する。

人々はようやく訪れた平和に歓喜し、それが永続であることを祈り、祝い、享楽に酔いしれた。

そうして——半年が過ぎる。

# 第一章　勇者のその後

「よくぞ参った、ロイドよ」

世界で最も強大と呼ばれる国家ディルグランド。

その当主たるディルグランド王が座する謁見《えっけん》の間と言えば、よほどの地位にある人間でなければ足を踏み入れることすらできない。

本来、平民であったロイドには無縁の場所であるが——特殊な事情が絡んでいるとなれば話は別だった。

「勇者と呼ばれたお主が見事、魔王デュークを打ち倒して半年。調子の方はどうだ？」

「……は。多くの報酬金だけでなく、長期の休暇まで頂き身に余る光栄です。王の慈悲深きご配慮により、魔王との戦いにおける疲労を全て癒やすことができました」

王の前に跪《ひざまず》き、ロイドは静かに答える。顔は伏せているため、目の前に居る主の表情までは窺《うかが》い知れなかった。

「それは重畳《ちょうじょう》。お主は我が国としても重要な存在である。くれぐれも体には気を付けるようにな」

「もったいないお言葉、恐縮に御座います」

「うむ。して、今日、お主を呼び出したのは他でもない。魔王討伐後の混乱もようやく収まりを見せた今、お主の今後を考えるべきかと思ってな。お主に我が国における領土の一部を任せたいと思う」

「……私に、ですか？」

ロイドは目は伏せたまま、わずかに顔を上げる。視界の隅で王が頷《うなず》いたのが見えた。

「ここより東。ロッドバイヤー山を背景にした土地に屋敷《やしき》を用意した。以後は領主として暮らすが良《い》い」

「よろしいのですか？　私のような身分で領主となるなど、聞いたことがありませんが」

「なに。お主の功績を考えればまだ足りぬほどだ。現時点を以《もっ》てロイド、お主に貴族の身分を与える」

「……。有難《ありがた》き幸せに御座います」

「詳しい場所は後ほど使いのものから聞くが良い。……だが、その前に一つ頼まれてくれるか」

「なんで御座いましょう」

「ロッドバイヤー山には少し前から魔物が棲《す》みついている。それを倒してもらいたいのだ。坑道から良質な鉄が採れるのだが、魔物のせいでままならぬ状況になっておってな」

王は嘆息混じりに言った。

「お主が休んでおる間に何人も兵を差し向けたが、全滅したと聞いている。もはや、勇者の力に頼るよりない。魔王討伐を成し遂げたお主に、再びこのようなことを頼むのは気が引けるのだが……」

魔物――世界各地に生息し、無条件で人間に敵意を持ち襲いかかってくる生物だ。

「いえ、とんでもありません。是非とも私にお任せ下さいませ」

「そうか……そう言ってくれるか。有難い。では頼むぞ」

ロイドは頷き、深々と頭を下げた。

「では早速、行って参ります」

立ち上がり、再び一礼すると踵《きびす》を返す。

そのままロイドは謁見の間にある重い扉を開けて、静かに出ていった。

「……宜《よろ》しいのですか？　王よ」

勇者ロイドが居なくなってから、しばらく。

王の隣に佇《たたず》んでいた宰相が口を開いた。

「なにがだ」

「ロイドに預けた土地は、王都より馬車を使ってすらひと月以上はかかる辺境。加えて申し上げるなら、土は枯れ、ろくに作物も育たず、水が悪く魚も捕れないような場所。もはや誰も寄り付かず、不毛の地と呼ばれ我が国でも放置していたところではありませんか」

「それがどうした。領地は領地だろう」

「左様ですが……もしロイドが不満を訴えてくればどうなさるおつもりですか」

「あやつはそのようなことはせんよ。魔王討伐前から欲というものに欠けておったからな。与えた報酬金があれば食うには困らん。後は税さえ取らなければ大人しくしているだろう」

「だと良いのですが。……後それと。先ほど奴《やつ》に依頼した魔物討伐のことですが」

「【皇帝竜《エンペラードラゴン》】のことか？」

王が玉座の背にもたれかかると、宰相は首肯した。

「あのドラゴンは現れた土地に永劫《えいごう》なる死をもたらすと呼ばれている魔物。あまりの力に、かの魔王ですら最後まで手を出さなかった程です。さしものロイドとて、もしものことが考えられますが」

「死ぬなら死ぬで良い。いや……むしろワシは奴に死んでほしいと思っておる」

「……と、仰《おつしや》いますと？」

「決まっておる。あの男の持つ力があまりに強大だからだ」

目を伏せ、歯を食い縛り、王は玉座の肘《ひじ》掛《か》けに強く拳を叩《たた》きつけた。

「ロイドがその気になれば、魔王より遥《はる》かに早くこの世界を支配できるだろう。早急にその存在を抹消しなければならない。その為《ため》の皇帝竜だ。奴がロイドを仕留めればワシも安心できるというもの」

「それは……そうで御座いますね。ロイドの力はこちらの予想を凌駕《りょうが》しておりました」

宰相は苦悩するように眉間へ皺《しわ》を寄せる。

「本来であれば、彼は魔王と共に相打ちとなるはずだった」

「そうだ。そうでなくても半死半生となったところを始末するはずだったのだ。それが、どうだ⁉」

今から思い出してもぞっとする。王は両手で顔を覆い隠した。

「奴は傷一つ負うこともなく、魔王の領地から帰還した。魔王だけでなく、魔族のほとんどをたった一人で殲滅《せんめつ》させた上でな。あれは……人間ではない。化け物だ！」

【殲滅者計画】……。よもや、あのような結果をもたらすとは」

宰相が呟《つぶや》いた。恐怖を孕《はら》んだ声で。

「……しかし、奴は欲が欠けた人間なのでしょう。放っておいても問題ないのでは？」

「ああ。しかしこれから先もそうとは限らぬ。ひとまずは国の中心から遠ざけ、その心中が変わらぬ内に何としても排除しなければ」

「なるほど。確かにそうですね……上手《うま》くいけばいいのですが」

「いってもらわなければ困る」

王は謁見の間にある扉の先、既に居るはずもないロイドに怯《おび》えながら告げた。

「魔王亡き今、勇者の存在は——不要の道具に過ぎないのだからな」

(これは……体《てい》よく国を追い出された、とみるべきだろうな)

街道を進む馬車の震動に揺られながら、ロイドは自らの状況を客観的に分析していた。

王の前では素知らぬ顔をしていたが、己に与えられた土地が『不毛の地』と呼ばれているところであることくらいは知っていた。

更に場所は国の中心から遠く離れたところ。ぎりぎりでディルグランドの領地内ではあるものの、ほとんど外といっても過言ではなかった。

そのために領民もおらず、ただ、ただ、荒れ果てた大地が広がっているだけだ。

治めるべき民のいない領主というのも笑えない話だった。

(王はオレが恐《こわ》いんだろう。無理もない。この力は誰だって恐れ、遠ざけるものだ)

ロイドは自らの手を見下ろして、淡々と思う。

魔王の率いる軍勢と戦った時から自覚していることではあった。

己の力が、埒外《らちがい》のものであるということを。

当然だ。魔王を含め数十万という敵を身一つで滅ぼしたにもかかわらず、自分の体はまったくの無傷だったのだから。

表向きは、勇者などと聞こえの良い言葉で飾り立てられてはいる。

事情を知らぬ世間においても、ロイドは神に選ばれ、特別な力を与えられた英雄という認識だ。

しかし実際には、意図的に生み出された、単なる道具に過ぎない。

あらゆるものをいとも容易《たやす》く葬り去る生物兵器――それが今のロイドという存在である。

（まあ、いい。どうせ勇者になる前から、人生に意味を見いだせなかった）

幼い頃に両親を亡くし、その後、親戚中をたらい回しにされた。

更に引き取られた先では厄介者扱いをされ、ろくに食事すら与えられないこともあった。

そのうちに、ロイドは自らを世の中に必要とされない人間であると定義付けるようになる。

それは己を卑下したわけでも、自覚して悲しもうとしたわけでもなかった。

単に客観的事実として受け止めただけだ。

それからだろう。いわゆる欲求というものがほぼなくなった。

腹が空《す》けば飯を食べる。眠たくなれば眠る。

だがそれ以外に何かをしたいという気持ちが湧き起こらなかった。

生きたいわけではないが、かといって死ぬ理由があるわけでもない。

そんな心でずっと生きてきた。

『魔王を倒すことのできる人間を造り出す。その為の実験に参加する者を募集する』

成長し、ディルグランド城の兵士として雇われて働き出した、ある日。

王が秘密裏に立ち上げた計画に対し、即座に参加者として手を挙げたのは、そんな自分を少しでも変えたかったからかもしれない。

だが結果は、ただ尋常ではない力が身についただけだ。自身については何の変化もなかった。

結局、己は何をどうしてもこうなのだろう。そのような諦めが、ロイドには根付いた。

「……あのぉ、旦那ぁ」

ぼんやりと益体もないことを考えていると、声をかけられる。

視線を前に移すと御者台に座る男が、遠慮がちに言った。

「申し訳ありませんが、この辺りで降りてもらっていいですかね……？」

「目的地に着いたのか？」

「い、いえ、そういうわけではありませんが。ただまっすぐ歩いて半刻《はんとき》もすれば着きますので。その、この辺りはなにかと物騒であまり近寄りたくなくて」

「……そうか。分かった」

あっさりと頷いたロイドに、御者はほっとしたように表情を緩める。

「すみません。ではここまでで」

揺れが止まり、ロイドは御者に賃金を払うと馬車を出た。

「ご苦労だった。帰りは待たなくていい」

「そ、そうですか？　ありがとうございます。……その、余計なことかもしれませんが、旦那はどのような目的でこの先へ？」

「坑道に魔物が出ると話があってな。それを退治しにきた」

「ええ⁉　皇帝竜を⁉」

ロイドが怪訝《けげん》な顔をすると、御者は慌てたように自分の口を塞いだ。

「い、いいえ、なんでもありません。そ、そうでしたか。がんばってくださいね。それじゃ、あっしはこれで！」

その後、急いで鞭《むち》を打つと、彼は馬を走らせてロイドの元から離れていった。

「……皇帝竜？」

聞いた覚えがある。

ドラゴン種は魔物の中でも、特に凶悪な存在として知られていた。彼らは多大な能力を持つだけでなく自在に空を飛び、更には知恵に優れ言葉すら喋《しゃべ》ることができるからだ。

皇帝竜はそのドラゴンの中でも頂点に座すると言われており、かつて襲撃を受けた国が一夜で滅んだと言われていた。

その際に吐き出された炎は、ひと月を超えて尚《なお》、轟々《ごうごう》と燃え続けたという。

皇帝竜が現れた時、その地は最期《さいご》と心得よ。

人々の間で、まことしやかに囁《ささや》かれている警句だ。

「ふむ……」

ロイドは自らの体を見下ろした。一応、武器と防具は身に着けているが、簡素な革鎧《かわよろい》に腰に差した長剣が一本だけだ。

普通に考えればこの装備ではドラゴンを相手にできるわけもない。だが、

「まあ……なんとかなるか」

ロイドは軽く判断し、目的地へと向かった。

御者の言う通り、皇帝竜が住むという坑道は半刻ほど歩いたところにある。

中に入ると薄暗く、じめついた空気と不気味なほどの静寂が出迎えた。

壁に飾られていた松明《たいまつ》を手に取り、もってきた火打ち石で点火。

灯《とも》った炎で周囲を照らしながら進んでいった。

長く細い道を通ること、しばらく――。

やがて、不自然なほどぽっかりと空いた場所に出た。

それまでの道が嘘《うそ》であるかのように広い。

貴族が住むような屋敷であっても、庭まで丸ごと入ってしまいそうだ。

そこかしこに採掘道具が散らばり、トロッコや、それを走らせる線路が設置されている。

(恐らく、ここで鉄を掘っていたのだろうな)

そんなことを考えながら、周囲の様子をなんとなく見ていると、

『……何用だ』

不意に、坑道中に高く良く通る声が響き渡る。耳にするだけで全身が痺《しび》れるようだった。

やがて目の前で、何か巨大なものが起き上がるような音がする。

ロイドは、松明を掲げてその正体を浮かび上がらせた。

闇《やみ》の中で蠢《うごめ》く闇——。矛盾するようなその表現が正しく当てはまるような存在だった。

空間の半分を占めるかのような巨体にはびっしりと鱗《うろこ》が生《は》え揃《そろ》っているが、全てが漆黒に彩られている。後方より伸びる尾は長々と横たわり、さながら巨木のような迫力を醸し出していた。

ロイドを見下ろす顔には尖《とが》った顎《あぎと》と、月のように輝く黄金の瞳を宿した、鋭く尖った目。

時折開かれる口からは、人間の数人程度は纏《まと》めて噛《か》み砕《くだ》けるような、らんぐいの歯が並んでいる。

『ここが、皇帝竜と呼ばれし我が領域と知っての狼藉《ろうぜき》か』

ただ相対しているだけではっきりと感じる圧力。常人であればまともに視線を交わすだけで力が抜け、腰を地に落とすだろう。

だがロイドの心には何も生じない。

勇者の力を得てからなのか、それとも以前からだったのか。

もはや判断さえつかないが——ともあれ、恐怖、という感情と縁遠くなってから久しい。

故にこそ平然と語りかけた。

「ここはディルグランドの領地内にある坑道だ。即《すなわ》ち占有権はディルグランド王にある。お前の土地ではない」

『知ったことか！』

叫びは衝撃となって広大な採掘場を駆け抜ける。岩盤が揺れて崩れ、トロッコが音を立てて倒れた。採掘道具が転がり奥へと消える。

『ここは我が住処《すみか》である。貴様ら人間どもが決めたことなど我には一切の関わりがないこと。命が惜しくば立ち去るが良い』

「そうもいかない。オレは王の命令を受けてここに来た。悪いが出て行ってもらう」

『ほう……我を前にしてその態度、中々の胆力と見た。しかしそのようなこと、我の知った事ではないな』

「……そうか。どうしてもダメなら、強硬手段をとるしかなくなるが」

皇帝竜の口がわずかに開き、息が漏れた。人間であれば失笑、といった仕草なのだろうが、それだけでロイドの体に突風が吹きつける。

『強硬手段、ときたか。たかが人間如《ごと》きが我に対し随分な物言い。して、どうするつもりだ？』

「実力行使で坑道から出て行かせる」

わずかな、沈黙が下りた。

だが次の瞬間、皇帝竜が高々と声を上げる。

それは甲高く、採掘場に幾重にも亘《わた》って反響するような笑いとなった。

常人であれば、鼓膜が何枚あっても足りぬような声量だ。

『面白い。面白いな人間よ。我を前にして当然の如くそのようなことを言ってのける者は、ついぞいなかった。我は貴様を気に入ったぞ』

「それは何より。じゃあ出て行ってもらえるか？」

『いいや。だがその代わり、褒美をやろう』

刹那。皇帝竜が大きく口を開いた。

その喉奥に――紅蓮《ぐれん》の焔《ほのお》が渦を巻く。

『我が炎によって、塵《ごみ》と化すが良い！』

宣言と同時に、皇帝竜は大量の火を吐き出した。

それはロイドの居る場所周辺を覆い尽くし、あらゆる物体を焼き焦がす。対象が何であろうと容赦なく、言葉通り滅ぼしていった。

そして。

『……なに？』

皇帝竜が出遭って初めて、はっきりとした動揺を示す。

「どうした？　――もう、終わりか？」

ロイドは平然とその場に立ち続けたままで、小首を傾《かし》げた。

『ば、馬鹿《ま》な、どういうことだ⁉』

炎は未だ轟々と燃え盛り続けている。

だがそれは、ロイドの周りに限っての話だ。

ロイド自身には一切、近づけていない。

まるで火自体が意思を持ち、恐れて距離をとっているかのように。

と、そこで皇帝竜は何かに気づいたように目を細めた。

『これは……【マナ】か⁉』

ロイドが今、その身に纏っている、青白い光の粒子のことだろう。

――この世界の大気には、不可視の粒子が漂っている。

それらは【マナ】と呼ばれ、適性あるものが取り込み、利用することで様々な現象を起こすことができた。

今、ロイドが行っていることもそうだ。マナを認識化し、障壁のようにして展開させることで物理現象を遮断している。だが、

『あ、ありえん。我が炎をたかが人間の操るマナで防ぐことなど……！』

マナを一度に体内へ蓄積できる量には限界がある。種族や個々人によって違いはあるものの、確かにこれほどの炎を完全に無効化させるだけの壁を造るために必要なマナを取り込むことは、常人であれば不可能だろう。

常人で、あれば。

「悪いがオレは少し事情があってな」

ロイドは一歩、前へと進んだ。それにより紅蓮の炎海は左右に割れていく。

まるで神に畏敬の念を払うかのように、従順に。

「ぶっ壊れているんだよ。体の機能がな」

そのまま少しずつ、皇帝竜へと近づいていった。

『貴様……何者だッ！』

皇帝竜が体を揺らした。同時に轟音《ごうおん》が鳴り響く。

鞭のようにしならせた尾が空間を切り裂きながら、ロイドに向かってきた。

尾先の触れた岩盤が容易《たやす》く崩れ、暴風を纏ったそれが苛烈な一撃を叩きこんでくる。

『なっ……⁉』

異音が鳴り響いた。人間の脆《もろ》い肉体が皇帝竜の持つ力によって弾《はじ》け飛んだもの。

では、ない。

「だから言っただろう。ぶっ壊れているってな」

ロイドが、片手で皇帝竜の尾を受け止めた際に生じたものだった。

『き、貴様……！　なんなんだ。本当に人間か⁉』

「……。さぁな」

沈黙を挟んだ後でロイドは淡々と答える。

「いつからか、分からなくなった」

体内に溜《た》め込《こ》んだマナを解放。全てを一気に手に集中させた。

眩《まばゆ》く青白く輝く拳を、軽く握る。

次いでロイドは、皇帝竜に向かって、あまりにも無造作に。

打撃を、叩きこんだ。

『……ッアッ‼』

世界を揺さぶるかの如き音律が採掘場を支配した。

皇帝竜の巨体がまるで幼子のように軽々と吹き飛び、そのまま壁に激突する。

だがそれだけにとどまらず頑丈な岩壁を砕き、貫きながら真《ま》っ直《す》ぐそのまま、遥か後方へと突き抜けていった。

ロイドはわずかに体を傾げ、マナを足先に集中。

踏み出すと同時に、猛烈な速度で疾走した。

一瞬で皇帝竜が動きを止めた場所まで辿《たど》り着《つ》くと止まり、力無く地面へと突っ伏した巨体を見つめる。

『こ、このような……このようなことが……』

愕然《がくぜん》とするような声を出し、皇帝竜はロイドと視線を交わした。

その目には、未知のものを前にした者特有の、圧倒的なまでの恐怖が現れている。

（……何度目だろうな。そんな風に見られるのは）

魔王軍を片っ端から倒していた時。幾度も幾度も向けられたものだった。

「ここから出て行け。大人しく従うならこれ以上は何もしない」

最後通告として出した言葉。

皇帝竜は逡巡《しゅんじゅん》するように視線を泳がせた。

だが、出された答えは、意外なものだった。

『何度も言わせるな。人間には従わぬ。その力があれば容易であろう。……我を殺せ』

虚勢を張っているわけではない。目を見ればそれが分かった。

「何故《なぜ》だ。ここがどれだけ住み心地が良かろうと、死んでまで守るものでもないだろう」

『そんなことは関係がない。我は二度と人間の言葉は聞かぬ。そう決めたのだ。違《たが》えるのであればここで潰《つい》えた方がよほどマシというものよ』

「……どうしてそこまで人を嫌う？」

『貴様に話す義理はない。さぁ、早く、殺せ!!』

力を振り絞るように声を荒らげる皇帝竜に、ロイドはわずか、眉を顰《ひそ》める。
だが、これ以上追及したところで無駄だろう。そう判断し、口を開いた。
「分かった。望み通りにしてやる」
再びマナを集めた手を、拳の形へと変える。
皇帝竜を前にして腕を上げ、狙いを定めた。
後はこれを振り下ろせば全てが終わる。簡単なことだ。
勇者となってから何度もやり続けたことだ。今更、躊躇《ためら》いはない。
何十万という魔王軍をこの手にかけてきた。
覚えきれぬほどの恐怖と憎しみと怒りを、拭《ぬぐ》いきれぬほどの鮮血を浴びてきた。
それがただ一回増えるだけ。そう、その程度のことだ。
ロイドは無言のままで頷き、先ほどのように雑な動きで、その拳を――。
――拳を。
「…………」
叩きつけなかった。
『……どうした。やらんのか』
不審がる皇帝竜に対してロイドは無言のまま、手を下ろす。マナを霧散させた。
「少し訊《き》きたいことがある。お前……どうして本気を出さなかった？」

皇帝竜の表情がわずかな変化を見せる。魔物であるが故、分かりにくくはあったが、どことなく怪訝なものであるようにロイドには思えた。

「最初に吐いた炎の広がり。オレはマナによる障壁で防いだが、鍛えた人間であれば後ろに下がることで避《よ》けられる範囲だった。お前を仕留めにくるような者であれば容易にできただろう」

無言を保つ皇帝竜に構わず、ロイドは続ける。

「次に振り回した尻尾《しっぽ》だ。オレは受け止めたが、戦いに慣れた者であれば充分にかわすことが可能な速度だった。どちらも妙だ。お前ほどの魔物であれば相手が逃げ場を失《な》くすほどの火で満たすことや、視認が難しいほどの勢いで尻尾を叩きつけることもできただろう。一体なんのつもりだ」

まるで——そう、まるで。

「自らの力を見せつけることで、相手が恐れて逃げるよう差し向けているかに思えた」

皇帝竜の顔が強張《こわば》ったように感じた。己の心中を全て見抜かれたというように。

「お前、本当はオレを殺すつもりなどなかったんじゃないのか。オレの前に王の兵を全滅させたと聞いたが、それも誰かのついた嘘か、何かの間違いなんだろう」

そのことが気にかかり、ロイドは、攻撃の手を止めてしまったのだ。

『そんなことは……ない。貴様の思い違いというものだ』

「本当か？」

確かめるように尋ねると、再び皇帝竜は黙り込む。

ロイドはしばらくそんな相手と見つめ合っていたが――やがては、息をついた。

「……まあ、いい。お前がどこにも行かないというのならそれでもいい。だがオレはこの土地に住むことになった。お前が何かすればすぐに止めに行く。その意味が分からないほど お前も愚かじゃないだろう」

そう言い残すと踵を返して、場を去ろうとする。だが、

『ま、待て！　なぜだ。なぜ我を殺さん⁉』

理解できないというような皇帝竜の声が追いすがってきたため、足を止めた。

『これまで何度も我を仕留めんとして人間どもがやってきた。王の命を受けた者だけではない。我の血や肉、骨や鱗を求める者も居た。それらは人間の市場では驚くほど高く売れるのだろう？』

「ああ。普通のドラゴンであってもその内の幾つかを市場に流せば一生楽に暮らせる。まして皇帝竜と呼ばれるお前なら値段は想像もつかないな」

『ならば、なぜ貴様は我を殺さぬのだ。金が欲しくはないのか。それに王の命を受けて来たのだろう。ドラゴン殺しは大きな功績となるぞ』

「……どうでもいい。そんなものは」

投げやりに答えて、ロイドは続けた。

「少し前に数えきれないほど多くの命を奪った。だからもう、誰かの死はなるべく見たくない。必要であればやるが――お前はオレや他の人間を殺すつもりはないと踏んだ。そんな奴まで仕留める気はない。それだけだ」

『……なにがあった？』

「オレは魔王軍を一人で殲滅し、勇者と呼ばれた男だ」

振り向いたロイドの視線の先で、皇帝竜が目を見開く。

『魔王、か。我も話には聞いている。魔族どもの主だろう。しかしたった一人でやってのけるとは……その力あってのことか』

「ああ。だが魔王亡き今、オレの力は人間にとって脅威だ。いつ牙を剝《む》き、第二の魔王となるかしれない。この依頼も、そんなオレをお前と戦わせ公然と殺す為に王が仕掛けたものだろう」

『なんだと。貴様はそれを分かっていて依頼を受けたというのか。何故だ⁉』

「別に。オレには何もないからな」

ロイドは上を仰ぎ見た。暗く陰鬱な天井《てんじょう》は、己が在りようを表しているように思える。

「家族も今はおらず、愛する者も子も居ない。あるのはこの埒外な力だけ。ならそれを求める者に応えなければ、本当に無意味な存在となってしまう。それが……嫌だった」

余計なことを口にしてしまった。そう息をつきながらロイドは皇帝竜に告げる。

「じゃあな。お前が人間に手を出さなければオレも来ない。出て行くなり大人しくしているなり好きにしろ」

片手を上げて、今度こそ場を離れようとした。

『……待て』

だがそこで再び皇帝竜が呼びかけてくる。

『我も……我も貴様と同じだ。絆《きずな》を結んだ者は誰も居ない。かつて他のドラゴン、そして多くの人間と暮らしていたが、手酷《てひど》い裏切りに遭い、全てを失ってしまった』

ロイドは振り返った。皇帝竜の瞳からはいつの間にか敵意が消えている。

そこにあったのはただ、深く、沈み込んでいくような悲哀だけだった。

『我が多くのドラゴンを従え、山奥で暮らしていた頃のことだ。たまたま土地に迷い込み、気を失っていた人間の男を保護した。仲間は放置しておくことを主張したが、あまりに傷つき、そのまま死んでしまいそうな者を見捨てることはできなかったのだ』

皇帝竜はやがて、ゆっくりと語り始める。

『目を覚ました男は、ドラゴン相手に少しも臆することなく感謝を示し、それだけではなく対話すら望み、我とそやつは次第に親しくなっていった。そこで、男がある国の王であることが発覚した。鷹狩《たかが》りに来たところ凶悪な魔物に襲われ、護衛の者も全滅。命からがら逃げ出し、放浪している内に我の治める領域に辿り着いたとのことだった』

そのことをきっかけに、皇帝竜と男の国は少しずつ交流を持つようになったという。

『男を始めとする人間たちは我らを恐れることなく、まるで知己が如《ごと》く接してくれた。人間と魔物という違いはあっても心が通じ合えば関係はない。そう、我も仲間たちも無邪気に信じていた。……しかし』

その全ては、間違いだった。皇帝竜は、そう零《こぼ》した。

『ある日。仲間たちが突然に苦しみ始め、次々と倒れていった。我らは食糧とする物の中で、特に鉱物を好むのだが……原因は、それだった。永続的な交流の証《あかし》にと、人間が提供してきたものだ。そこに、ドラゴンですら死に至るほどの強力な毒が仕込まれていた』

「……その男が仕掛けたのか？」

『そうだ。彼奴《あいつ》はずっと、我らの住む土地を奪い取ろうと画策していたのだ。鉱物を始めとしてあらゆる資源に恵まれた、その土地をな。……今思えば、迷い込んできたところから既に彼奴の計画は始まっていたのだろう』

そうして、親しくする振りをしながら、強靱《きょうじん》な魔物で知られるドラゴンの付け入る隙《すき》を狙っていたのだ。

『男を始めとした人間たちを完全に信用していた我らは、そのほとんどが何の疑いもなく鉱物を食い、死んだ。残った者も攻め込んできた人間どもに全て殺されてしまった』

「だから、男の国を滅ぼした、と？」

『……ああ。唯一毒が効かなかった我は憎悪に支配され、己を見失い、怒りのままに男と、彼奴が支配する土地を焼き払った。が――関係のない者まで巻き込んでしまったことを後悔し、その後はずっと潜みながら暮らしてきたのだ』

「伝承にあった一国を一晩で滅ぼしたというのは、それが理由だったのか」

皇帝竜は軽く頷き、続けた。

『それからは我の噂《うわさ》を聞き、討伐しにきた者を怯えさせ追い払ってきたが……近頃はそれも虚《むな》しくなってきた。本当は――本当はまた、あの時のように誰かと笑い、泣き、共に時を過ごしてみたい。だが他の人間は我を恐れ近付こうとしないか、殺意を以て攻撃を仕掛けてくるだけだ』

「……仕方がないだろう。事情があるとは言え、お前はそれだけのことをしたんだ」

『ああ、分かっている。当然の酬《むく》いだとな。だが、あれから随分と時が経《た》った。孤独に耐え続けることが我の罰であるというのなら……身勝手と知りつつも、そろそろ許されることを望みたい。また、誰かの傍《そば》で生きてみたいのだ。人間、貴様ならそれができるのではないか』

「オレが？」

『貴様は我を恐れない。我よりも強き力を持つ故にな。ならば我と共に生きてくれ。もし望みを叶《かな》えてくれるのであれば、我は貴様にだけは従おう』

突然の、あまりにも意外な申し出に、ロイドは大いに戸惑《とまど》う。

ドラゴンから共生を求められる人間など、知る限り前代未聞《ぜんだいみもん》のことだ。

「オレで……いいのか？」

『ああ。いや、貴様以外では無理なのだ。他の人間では我を受け入れてはくれまい』

それは、そうだろう。

皇帝竜を前にすれば、普通の人間は正気を保つことすら難しいはずだ。

「オレがかつての王のように、お前を裏切るとは思わないのか」

『もしかすれば、そうかもしれぬ。だが……その時は、我の孤独は最早《もはや》、永劫の罪ということだ。素直に受け入れ、貴様から離れ、死を迎えるその時までただ独りで居よう』

言って、皇帝竜は縋《すが》るような眼差《まなざ》しを送ってきた。

『都合の良い願いであることは分かっている。命を奪うつもりはなかったとは言え、我は先ほど貴様を襲った魔物だ。無理にとは言わぬ。もし聞けぬのであれば、此度《こたび》のことは悪い夢でも見たと思い忘れて──』

「まあ、構わない」

『……なに？』

半ば諦めていたからか、皇帝竜が呆気《あっけ》にとられたような声を出した。先ほどまでの威厳と迫力は掻《か》き消《き》えている。

「好きにすればいい。お前がオレを必要とするのなら、オレにはそれだけで価値がある」

ロイドにとって誰かに求められることだけが、生きていると実感できる瞬間だった。

この世に居ていいのだと、そう、思うことができたのだ。

だから相手が何であろうと構わない。たとえ魔物であろうと、皇帝竜と呼ばれる凶悪な存在であろうとも。

要ると言われれば、それを断ることはしなかった。

『そ……そうなのか。では我と生きてくれるのだな』

「ああ。そう言っている。だがオレはここで暮らすつもりはない。ここから少し離れた場所に屋敷がある。そこに住むことをお前が許容するのなら、だが」

『構わない。別にこの地に殊更《ことさら》、固執していたわけではないからな』

「じゃあ行こう。もうすぐ日も暮れる」

『ま、待て。しかしこの姿のままでは不味《まず》いだろう！』

慌てたように言ってくる皇帝竜にロイドは眉を顰めた。

「不味いのか？」

『当然だ。貴様、ドラゴンを連れて外を出歩くつもりか⁉』

「ダメなのか」

「ダ、ダメではないが……いや我は良いが貴様、世間体とかないのか⁉」

ドラゴンに世間体と言われても。ロイドは首をひねりつつも答えた。

「周りがどう思おうとオレはお前と共に在ると決めた。ならそれでいいだろう」

『……力だけでなく感覚もズレておるな、貴様は』

呆《あき》れたように息をつき、皇帝竜はよろよろと起き上がる。

『我としても面倒事は避けたい。故に――こうしよう』

直後、皇帝竜の体がまばゆい光を放った。薄暗い坑道を真昼のように照らす輝きに、ロイドは思わず視界を手で庇《かば》う。

光が消えた時、そこには、思ってもみない姿があった。

美しい女性だ。

黒く艶《あで》やかな髪を腰の辺りまで伸ばし、白磁のような滑らかな肌を持っている。

どこか挑発的な吊《つ》り目に不敵そうに緩められた口元。見た目は十代後半から二十代前半程度だろうか。

小柄な体に纏うのは、黒を基調に所々金糸があしらわれたドレスで、しなやかな肢体と相反するように、胸元は大きく服の生地を盛り上げていた。

「どうだ。マナを使っての形態変化。人間とは段違いのマナ蓄積量を持つドラゴン族だからこそできる芸当よ」

「……ほぅ。お前、女だったのか」

「その通り。驚いたか。そして見惚《みほ》れたか。我の持つ豊富な知識と経験により、極めて完璧に近い人間の外見を再現した。雄である貴様には堪《たま》らないであろう」

「そうだな」

「…………」

「…………」

「嘘をついても分かるぞ⁉　貴様、何も感じていないな⁉」

「ああ。気を遣った」

「なぜだ⁉　人間の劣情を催すように調整したはずだが⁉」

「知らん。行くぞ」

「ああ、待て！　我の矜持《きょうじ》が許さぬ！　貴様の望む姿に変わってやるから言え！」

「そのままでいい。別に好みはない」

「くっ……分かった。ならば、そうしよう。では重要な話がある」

「なんだ？」

ロイドが顎《あご》を反《そ》らし、先を促すと、皇帝竜は咳払《せきばら》いをした。

「その。ドラゴン族は敗れた相手に対し、種族にかかわらず二つの選択をとらなければならない決まりとなっておる。一つは永遠の忠誠を誓うこと。だが人間にそんなことをするなどまっぴら御免だ」

　頷くロイドに、皇帝竜は何故か、頬をわずかに赤く染める。

「そ、そこで、だ。我はもう一つの選択……相手の伴侶になる、というものをとろうと思う。ど、ど、どうだ。い、異論はないな⁉」

「ない。行こう」

「ええ⁉　いやいやいや！　分かっておるのか、伴侶だぞ⁉　我を妻とするのだ。何かないのか⁉」

「決まりに従っただけだろう。オレには関係ない」

「……それはそうだが……なんだ、この釈然としない気持ちは……」

　前を向き「とっとと行くぞ」と歩き出したロイドに、皇帝竜はついてくる。

「あ、そ、そうだ。我の名はイヴリース。長ければイヴと呼ぶが良い。貴様の名はなんだ」

「ロイドだ」

「そうか。ロイド。ロイドか。呼び方はどうする。伴侶になったのだから、あなた、というべきか。それとも旦那様か」

「ロイドでいい。というかさっきから気になっていたんだが、お前、性格が変わってないか」

　出遭った頃の雰囲気とはまるで違っている。

「ああ。あれはまあ、人間を遠ざける為の演出というか、大抵の奴はああ言えば逃げ帰るからそうしているだけで別に本来の我はああじゃないというか……」

「取り繕っていた、ということか」

「そういう身も蓋《ふた》もない言い方をするでない。愛想のない奴だな」

「良く言われる」

「これから共に生きるのだ。せめて我の前でくらいは少しくらい笑えんか」

「……善処しよう」

できるとは思えないが、と思いつつ返すとイヴは「そうか」とどこか満足そうに微笑《ほほえ》んだ。その姿は極めて美しいものの、ごく普通の女性と変わらない。

だがその正体は、かの魔王ですら手を出さなかった最強にして最恐の存在、ドラゴンの頂点に座する皇帝竜なのだ。

（……どうにも、妙なことになったな）

この先どうなってしまうか。

勇者と呼ばれたロイドをもってしても、まるで予想がつかぬ事であった。

「……今、なんと申した？」

謁見の間に座したディルグランド王は、聞き間違いであって欲しいと願いながらもそう尋ねた。

「は、はあ。ですから、勇者ロイドについて、ですが……」

自身も未だ戸惑いから抜け出せていないというように、報告に訪れた騎士団長は汗を拭いながら伝える。

「監視役の部下から聞いたところ、かの皇帝竜を相手に殺されるどころか、どうやら王の用意した屋敷で共に暮らし始めたようで」

「な、なぜだ。なぜ、そんなことが起こる⁉」

「わ、私めに申されましても。しかも一連の動向を見ていた者から聞くに、皇帝竜は自らをロイドの嫁だと名乗っていたそうで……」

「嫁⁉　嫁と申したか⁉　どういうことだ⁉」

「全く分かりません……ただ王の作戦はどうやら、その、上手くはいかなかったようで」

「ぐっ……くくく……なんなのだ、あやつは！」

仮に、皇帝竜を倒すというところまではまだ納得できる。だが嫁にするとは理解の範《はん》疇《ちゅう》を超えていた。

「ど、どうなさいますか、王よ。ロイドに今のところ謀反の様子はありませんし、しばらく様子を見るというのも手ではありますが」

宰相に尋ねられて、ディルグランド王はすぐさま言い返した。

「馬鹿を申すな。そんなことが信用できるか！　一刻も早く奴を排除する！」

奥歯を強く噛み締めて、怨嗟《えんさ》の声を漏らす。

「おのれロイド……次こそは見ているが良い……！」

王の鬼気迫る表情に宰相は怯えた顔を見せて、急ぎ、跪くのだった。


王から与えられた屋敷は二階建ての立派なものだった。

ロイドが一人で住むには広過ぎるほどだ。

が、その日の朝、目覚めた後で思い出した。

(……一人ではなかったな)

巨大なベッド——家具も一通り揃《そろ》えてあった——から身を起こしたロイドは隣を見て、そう思う。

隣には、女性が眠っていた。

いや正確に言えば女性に見えるドラゴンだ。

皇帝竜イヴリース。世界から恐れられる最強の魔物。

わずかに口を開け、すやすやと寝入る様は、とてもではないがそう見えないが。

(一夜明けても全く慣れん。違和感がある)

ドラゴンが横に寝ている、ということもそうだが——起きた時に、異性が傍にいる、ということそのものが。

ともあれロイドはベッドから降りると、床に散らばっていた服をかき集めて着替える。部屋を出て廊下を進み、不必要に思えるほど巨大な中央階段を降りてそのまま外へ。陽光を浴びながら、井戸からくみ上げた水で顔を洗っていると、

「この不調法者《ぶちょうほう》め」

背後からいきなり罵倒された。

振り返ると皇帝竜、いや、イヴが枕を抱えて立っている。未だ寝間着のままだ。といってもその衣服もマナで構成されたものではあるが。

頬を膨らませているところを見ると何やら不満を抱いていることは分かった。が、その理由は見当もつかない。

「なにを怒っている」

仕方なく尋ねるとイヴは鼻を鳴らし、掲げた枕を地面に叩きつけた。

「怒りもする。なぜ昨日、何もしなかった」

「昨日？　なにかあったか」

「なにかあったか、ではない。昨夜は我が貴様と共に過ごす初めての夜。いわば新婚初夜というやつだ。なのにさっさと眠りにつきよって。しかもいくら起こしても起きない！」

「ああ……オレは眠れる時にすぐ眠れるようにしていてな。何か身の危険でもなければ起きない」

「新妻《にいづま》を放っておいて可及的速やかに睡眠をとるやつがあるか！」

拳を掲げて眉を吊《つ》り上《あ》げ、怒りを表すイヴ。

人間の自分より魔物である彼女の方がよほど感情豊かだな、といささか感心しつつロイドは答えた。

「なにかすればよかったのか」

「そうに決まっておろう！」

「なにをすればよかったんだ」

「それはせ……」

言いかけてイヴは口をつぐんだ。みるみるうちに顔が赤くなっていき、視線は少しずつ下がっていく。

「せ？　なんだ、せ、とは。せ、の続きを教えてくれ。せ、とは？」

腰に下げた布で顔を拭《ふ》きながら近づきロイドが追及すると、イヴは慌てたように引いた。

「こ、こら！　そんなにせっつくな！　あと、せ、を連発するでない！」

「なぜだ。せ、と言ったのはお前だろう。せ、のことを正確に教えてもらわなければ分からない。せ、とはなんだ。新婚初夜で行う、せ、とは？」

「だから連発するというのに――ッ！」

顔を覆って叫ぶと、イヴは背中から飛膜のついた黒い翼を広げた。そのまま空を飛び、屋敷の屋根に飛び移る。

「新婚夫婦がする、せ、せ、せ、せといえば、せ、性交に決まっておろう！　察しの悪い男だな⁉」

屋根の上で顔を真っ赤《まっか》にしながら指差してくるイヴに、ロイドは「ああ」と頷いた。

「なるほど。そういうことか。……しかし一つ訊きたいんだが」

「なんだ⁉　まだ我を辱《はずかし》めるつもりか⁉」

「いや。お前、確かオレの配下になるのが嫌で嫁になったんだよな。それなのに性交を望むのか？」

「え⁉　あ、ああ、いや、それは……」

先ほどまでの勢いはどこへ消えたのか。イヴは寝間着の裾《すそ》を摑《つか》み、何やら恥ずかしそうに身をよじり始めた。

「ほ、方便というか。我をああも圧倒的な力で倒した者などいなかったし、似た境遇をもつ貴様を、なんだ、割と気に入ってしまったというか……」

「……？　よく分からないが」

そういえば――と、ロイドは思い出した。

ドラゴンは魔物の中でも群を抜いて強大な力を持つため、その生において個々の能力の強弱を最も重要視するという。そのため、対象がなんであれ、己より優れた者に対しこの

上ない尊敬と愛情を抱くそうだ。ということは、

「お前、オレに惚《ほ》れたのか」

「ほ、ほ、惚れてなどおるか！　ちょ、ちょ、調子に乗るな！　だが貴様は、まあ、人間にしてはマシな方だし、縁あって一緒になったのだからそれくらいはやっても良いかと思っていたのだ！　それなのに貴様ときたらベッドに入るなりぐーすか寝息を立てよって諸々《もろもろ》と覚悟を決めて寝床に挑んだ我の肩透かし感たるや本当にもうどう責任をとってくれるというのだ⁉」

何かを誤魔化すように早口でまくしたててくるイヴ。

「……そうか。それは悪かった」

ロイドは足先にマナを展開。驚異の跳躍力で地を蹴り、屋敷の屋根に乗った。

「求められれば応えよう。今からでもやるか」

「ええ⁉　な、なにを⁉」

「性交だ」

一歩、また一歩とイヴに近づいていく。

だが彼女は何故か同じ歩幅で離れていった。首筋まで赤くなった状態で己の体を抱きしめている。

「まま、待て。そんないきなり！」

「やろうと言ったのはお前だ」

「それはそうだが心の準備というものが！　わ、わ、我はその永き時を生きるドラゴン族ではあるがそれと経験値は別というものでいや出会いがなかったわけではないがむしろなんていうか人間どもと暮らしていた頃は種族問わず引く手数多《あまた》であったものの心惹《ひ》かれる奴がおらずやはり初めては真《まこと》に信頼した者とおおおおお！　近いいいいいい！」

いつの間にか距離を詰めていたロイドにイヴは顔を背《そむ》けながら叫んだ。

「やらないのか。性交を」

「朝も早くから真顔で言うことか⁉」

「言い出したのはお前だ」

「それに関しては反論の余地はないが‼」

あたふたと手を振って、どうにかロイドをそれ以上近づけないようにした状態で、イヴは言った。

「わ、分かった！　分かったから一旦、落ち着いてくれ！」

「オレは落ち着いている」

「それはそうだな、というか貴様は逆にどうしてそのように泰然としておるのだそれはそれで腹が立つな⁉　少しは照れろ！」

「注文が多いヤツだな」

「分かった一つに絞る！　さっきのはなし！　性交はしない!!」

「……そうか」

あっさりとロイドは頷き、屋根から飛び降りた。続けてイヴも翼を生やして着地する。

「何のためらいも無く引かれるのもなにか引っかかるな……まあ、もうよい。我も戯《たわむ》れが過ぎた」

ため息交じりに告げるイヴに「そうか」と再び答えると、ロイドは屋敷へと戻ろうとする。

「ああ。先に食堂へ行っているがいい。朝食を用意する」

が、玄関の扉を開けようとしたところでイヴにそう言われて振り返る。

「やってもらっていいのか」

「夫の飯を用意する。それも妻の務めだ」

「別にそんな法はなかったはずだが」

「細かいことを言うな。とにかく待っておれ」

手を振ってイヴはその場で回転すると光に包まれ、昨日と同じ服に着替えた。

翼を生やして飛び立つと、そのままあっという間に空の彼方《かなた》へと消えていく。

「……待つか」

よく分からないが待っていろと言われた以上はそうすべきだろう。ロイドは屋敷に入るとそのまま食堂へ直行した。

二人では持てあますような長いテーブルの隅について、待機すること、十分少々。

「待たせたな！」

やがて戻ってきたイヴは、何かを片手で引きずりながら食堂に入ってきた。

「飯だぞ、夫よ！」

放り投げた物体が弧を描きながら、テーブルの中央へと落ちる。どすん、という鈍い音が鳴り屋敷が揺れた。

ロイドの目の前には白目を剝いた状態の巨大な鳥が居た。大き過ぎると思った食堂の扉でもぎりぎりの規模だ。

「これは……ロックバードか」

鷲《わし》に似た魔物だ。巨大な翼を広げ自在に上空を飛び、狙った人間の一人二人は簡単に丸のみしてしまう。

「うむ。空を飛んでいたら丁度良いのがいてな。即座に捕らえた」

「食えるのかこれは」

「知らん。が、生きているからには食えるだろう」

個性的な価値観だ。ロイドはしばらく考えた末にイヴに言った。

「分かった。食おう」

確かに魔物の中にも食せるものはいる。ロックバードを口にしたことはなかったが、なんとかなるだろうと判断した。

「よし！　待っておれ！」

言うが早く、イヴは大気を吸い込むと火を吐き出す。熱波がロイドの髪先を焦がす中、器用に家具などに点火させることなく、やがて炭になる直前の魔物の丸焼きができ上がった。

「からの、こうだ！」

跳び上がって手刀を繰り出すと、ロックバードの丸焼きは二つに割れる。

片方を手にとると、イヴは差し出してきた。

躊躇いなくロイドは手にとって、噛《かぶ》り付く。羽もなにも毟《むし》っておらず、塩コショウすら振っていないために、ただ、ただ、食べ辛《づら》く何の味もせず苦かった。

「どうだ。美味《うま》いか？」

だが真向かいに座り同じようにロックバードを手にしつつ、期待に満ちた目で見てくるイヴに対して、ロイドは答える。

「ああ。美味い」

というより元来、ロイドに食のこだわりはない。腹を満たせればそれでいいのだ。

「人間と暮らしていた時に料理はしなかったのか」

「ん？　そうだな。我はまがりなりにもドラゴンと人間を束《たば》ねる王だった。向こうから進呈してくることはあっても自分で飯を作ったことなど、うわ、なんだこれは、苦い⁉　あと羽が鬱陶《うっとう》しい！」

ロックバードに噛り付いた後でイヴは悲鳴を上げた。

「おい、嘘をつくな、ロイド！　不味いではないか！」

「美味いぞ」

「気を遣わなくてもいい！　こんなもの食えたものではない。おかしいな。何が悪かったのだ……待てよ。料理は愛情だと聞いたことがある。まだそれが足りなかったか！」

「そうかもしれん」

「よし。ならば次はたっぷりと念を込めることとするぞ。期待しているがいい、夫よ！」

「そうする」

違うと指摘しようかと一瞬思ったが、望まれていないために、ロイドはただ頷いた。

「そうだ……新婚と言えば、あれだ。あれをしよう。よし、ロイド」

言ってイヴはロックバードの肉を千切ると、

「はい、あーん」

にこやかに笑いながらそれを押し付けてきた。

「……なんだそれは」

「人間は夫婦でやるそうだ。我も人間の姿をとる以上はやった方が良いだろう。さあ、喰《く》え。喰うのだ」

「……そうか」

言われた通りに噛り付くロイド。咀嚼《そしゃく》する姿をイヴはしばらく興味深そうに観察していたが、やがて首を傾げながら訊いてくる。

「……で、これはなにが嬉《うれ》しいのだ？」

「しふぁん」

口の中に肉を入れたまま、ロイドは首を横に振った。

「ううむ。結婚というのは何かと難しい。あと足りていないものはなんだろうな。……そうか。子どもはどうだ。夫婦になったのだから子どもが欲しいな」

「別に必要ないだろう」

「なぜだ。我は子どもが好きだ。かつても仲間や人間たちの子どもを多く可愛《かわい》がってきた。自分の子が欲しい」

「子が欲しいなら、性交する必要があるが」

「そっ……それはそうだが。あの。まあ、機会を見て、というやつだ！　貴様はどうだ。欲しくないのか⁉」

「……。別に興味はないな」

「なぜだ。自分の血を引く存在がいるというのは、我としてはまんざらでもないぞ。貴様と二人というのも悪くはないが、元々は大勢と暮らしてきた身だ。もう一人か二人は増えるのも賑《にぎ》やかで良さそうだ」

腕を組み、何かを想像するように口元を緩めるイヴ。

「お前が望むならそうしよう」

「そうではない。貴様も望まなければ意味がないのだ。子に注《そそ》ぐ愛情はできるだけ多い方が良いだろう」

「そういうものか。だがオレは興味がない」

「むううううううううう」

むくれるイヴを前に素知らぬ顔で、ロイドはロックバードを平らげた。

「しかし、貴様ほどの力を持つ者の血をこのまま途絶えさせてはいかんだろう。次代に受け継がせなくては」

「……。それは恐らく無理だな」

「ん？　なぜだ？」

「オレの……勇者の力は生まれついてものじゃないからだ。後天的に、人の手によって付与された」

「……どういうことだ？」

怪訝な顔をするイヴに対して、ロイドは静かに答えた。

「【殲滅者計画】――そう呼ばれる計画にオレは参加し、そこで勇者の力を得た」

「せんめつしゃ、けいかく？　なんだ、それは」

「魔王軍に対抗できるだけの力を持つ人間を、人工的に造り出す実験だ。通常は限界のあるマナ蓄積量の枷《かせ》を外し、無限へと到達する――それを目的として動いていた」

「そ……そんなことが可能なのか⁉」

「無論、簡単じゃない。人体に【無幻機構】と呼ばれる特殊な道具を埋め込むことで、身体機能的に備わるマナ蓄積限界を強引に突破するという理論だが……拒絶反応が出る者が続出した」

ロイドも正確には把握していないが、マナの蓄積に限りがあるのは、人間の意識が本人も意図しないうちに働きかけるからだという。通常以上のマナは吸収すると人体に害を与え、過剰摂取によっては臓器に影響を及ぼし、最悪の場合中毒症状によって死に至るからだ。

無幻機構とは人工的な仕組みでマナを吸収し、それを体内に循環させるものだ。つまり意識とは関係なく無制限に取り込み続けるのである。

「耐え切れなくなって死亡する者、死なずとも寝たきりの状態になる者、精神が錯乱しまともでなくなる者。無数の犠牲者が現れた。だが……ついに成功者が出た。それがオレだ」

なぜ、ロイドだけが何の副作用も無く道具を使いこなすことができたのか。理由は判明していない。

担当した者たちの話によれば、意識の働きで抑制されてはいたものの、本来、ロイドの体にはマナ蓄積限界が存在していなかったのではないか、という見方が有力とのことだった。

「貴様の他に無幻機構に適応した人間はいなかったのか？」

「それは分からん。オレは成功者となってからすぐに施設を出て旅に出たからな。その後に残された者については……」

そこで黙り込んだロイドを、イヴは怪訝な顔で見てくる。

一瞬、わずかに頭を過《よぎ》る影があったものの――ロイドはすぐに振り払った。

既に終わってしまったことだ。思い出す必要もない。

「どうかしたのか、ロイド」

「いや、なんでもない。その後、オレは勇者となって、無限に取り込めるマナを武器に魔王を倒した。だから子を生したところでそれは受け継がれない。無幻機構を埋め込めば同じになるかもしれないが……魔王亡き今、そこまでする意味もないだろう」

「そんなことが……あったのか」

予想だにしない話を前にして、イヴは沈痛な面持《おもも》ちを浮かべる。

「し、しかし、貴様はなぜ、そのような実験に参加したのだ？」

「元々オレはこの国の首都で兵士をやっていた。その際に募集しているのを聞いてな」

「そういうことではない。死ぬかもしれなかったのだぞ。なぜ危険な真似《まね》をわざわざ」

「……さあな。オレには何もなかったんだ。だから人より強い力を得れば、少しは誰かに必要とされるかと思った。それだけだ」

「……ロイド……」

どう、声をかけていいか分からない。そんな戸惑った顔で、イヴは黙り込んだ。

「だからオレに子どもは要らない。お前が望むならやるが」

「……いや、少なくともしばらくはいい。やはり機を見よう」

ゆっくりと首を振るイヴに、ロイドは、なぜそんな悲しそうな表情をするのかと不思議に思った。あくまでも自分の話で、彼女は関係ないというのに、と。

――その時。玄関の方から、何かが聞こえて来る。

「申し訳ありません！　勇者ロイド様はいらっしゃいますか！」

ロイドは立ち上がり、食堂の扉を開けると屋敷の入り口まで向かう。後ろから、イヴもついてきた。

玄関には武装した男が、直立不動の姿勢で待機している。

「なにか用か」

「あっ……これは勇者様。お目にかかれて光栄であります！　わたくしはディルグランド王の命を受けてここに参った者であります！」

敬礼する男にロイドが頷くと、彼は緊張した面持ちで再び口を開いた。

「ディルグランド国王様よりご伝令！　勇者ロイドに願いたい議があり。数年前より各地で甚大な被害をもたらしてきた【贖《あがな》いの杖《つえ》】の本部が判明。至急、勇者様に殲滅して頂きたいと！　場所はここより北にあるラケシス山の頂上であるとのことです！」

「……。そうか。分かった。すぐに向かうと王に伝えてくれ」

「え⁉　そんな簡単に⁉　……あ、いえ、承知しました！」

驚いたように目を丸くしていた男は、そこでイヴをちらりと見た。

「ああ。彼女はオレの妻だ」

存在を気にしているらしき男が何かを言う前に、ロイドがそう答えると、彼は慌てたように再び敬礼した。

「さ、左様で御座いますか。勇者様がご結婚を……それはおめでとうございます。そ、それでは失礼致しました。私はこれで！」

そのまま踵を返すと、男は甲冑《かっちゅう》を揺らしながら、急ぎ足で去っていく。

「おい、ロイド、【贖いの杖】とはなんだ？」

彼が居なくなった後、後ろからイヴに服を引っ張られ、ロイドは説明する。

「オレも噂でしか知らないが――数年前から活動している過激派新興宗教組織だ。全員が【魔法】の使い手らしい」

マナを操り、あらゆる自然現象を自在に起こす術、それが魔法だ。

だが扱いにはコツがあり、意識を集中することで大気中に流れるマナを『視認』し、その動きを意図的に操作する必要がある。

ロイドのように一旦、体に吸収してしまえば発動する際にマナは可視化されるが、その前に見るという能力は一部の者にしか芽生《めば》えぬ力だ。これは俗に【霊眼《れいがん》】と称されている。

魔法を操る者、一般に魔導士と呼ばれる人間はその霊眼を使って、驚異的な現象を顕現させていた。

「奴らはマナを操れる者こそが選ばれし存在であり、他は不要、逆らう者には死を、という信条を掲げていてな。ディルグランド国内や他の国でも破壊活動を行っている」

「ほう。人間の癖に随分と思い上がった連中だな」

「マナ至上主義者というのは別段、珍しいものでもない。魔法を使える者であれば尚更《なおさら》だ。自分が特別な人間だと思いたがる奴はいつでもいるからな」

目に見えて普通より優れた力を行使できるため、その思想も強くなるのだろう。

「だが、【贖いの杖】の連中はその中でも特別に選民思想が強い。場合によっては奴等《やつら》によって多大な被害を受け、未《いま》だに復興できていない街もあるそうだ」

「ふうむ。なるほどな。しかし、なぜ貴様がやらねばならんのだ。そんなもの、放っておけばいいだろう」

「なぜだ？」

「なぜだって……先の話によれば、貴様は国が行った実験の稀少《きしょう》な成功者で、同時に魔王退治の功労者であろう。既にその大いなる役目を終えた今、もう国の為に働く必要はあるまい」

「……いや。オレの力が必要なら動くさ」

ロイドは言って、扉を開けると家を出た。ラケシス山なら徒歩で四日ほど。だがマナの力を使えば三十分足らずで着けるだろう。

「貴様……頼まれればどんなことでもやるのか。貴様自身の意思はないのか?」

背後からイヴによってかけられた声。そこにはわずかばかりの非難も含まれていた。

「意思を持ったところで何になる。オレの人生に何の意味をなす?」

「……それは……」

「お前はここで留守番をしていてくれ。すぐに済ませて戻ってくる」

言ってロイドは意識を集中し、マナを放出した。全てを両足に集める。

が、駆け出そうとするその間際《まぎわ》、

「待て。我も共に行く」

「……何の為に?」

振り返って尋ねたロイドにイヴは腰に手を当て、わずかに口端《くちのは》を上げた。

「決まっておろう。我は貴様の伴侶である。どんな時でも共に在るのだ」

答えになっていない――気はしたが、あえて追及するつもりもない。

自分は求められたことに応えるだけ。他人がどう関わろうと関係はない。

「……好きにしろ」

そっけなく答えたロイドの言葉に対し、イヴは満足そうに頷いた。

# 第二章　災厄の魔女

漂う淀《よど》んだ闇《やみ》を、壁にかけられたいくつかの松明《たいまつ》だけが仄《ほの》かに照らしている。

広大な空間にもかかわらず、その部屋は濃密な気配に満ちていた。

紅色の光が浮かび上がらせるのは、数百、いや、数千にも及ぶ人間の群れ。

彼らは一様にローブでその身を隠しながら、一心にある言葉を唱えていた。

「我らは等しく価値があり。彼らは等しく無価値である」

「我らは風であり水であり火であり土であり、光であり闇である」

「彼らは風を浴び水を注《そそ》がれ火に当たり土と戯《たわむ》れ、光に跪《ひざまず》き闇を恐れる」

「我らなくして彼らなし。我らなくして彼らなし。全て尊きマナの導きを」

「全て尊きマナの導きを」

「全て尊きマナの導きを」

「全て尊きマナの導きを」「全て尊きマナの導きを」「全て尊きマナの導きを」「全て尊きマナの導きを」「全て尊きマナの導きを」「全て尊きマナの導きを」「全て尊きマナの導きを」「全て尊きマナの導きを」「全て尊

「全て尊きマナの導きを」「全て尊きマナの導きを」「全て尊きマナの導きを」「全て尊きマナの導きを」「全て尊きマナの導きを」「全て尊きマナの導きを」

声は反響し木霊して何処《どこ》までも部屋を渡る。

まるで世界がそうあるべきと定めるように。

自らはその定めのままに従うだけであるかのように。

彼ら――信者たちの様子を眺めながら、マードはたとえようのない歓喜に包まれていた。

結成当初は十数人程度であった自らの組織は今や、その頃とは比べようにならぬほどの規模に成長している。

かつてこそ、いくら声高に主張したとして、己の思想は誰にも相手にされなかった。

マナを操れる者こそが、世界を支配すべき選ばれた種族である。

自明の理ともいえる考えをしかし、耳に入れた誰もが嘲笑した。

正気を失った人間として扱われ、路上で論じていた際、袋叩《ふくろだた》きにされたこともある。

彼らは皆、口々にマードを嘲弄しながら、楽しそうに暴力を振るっていた。

お前の言うことなんて誰が聞くか。引っ込んでいろ出来損ない。

そんな言葉も浴びせられたが――どうだ。

諦めずに努力を続け、今やこの人数だ。

全てが宗主である自分、そして、妻であるエイダの説く信条に頭《こうべ》を垂れていた。

視線を向けた先、世界で最も愛すべき女であるエイダもまたマードを見ている。

彼女は魅力的な笑みを浮かべ、うっとりとした眼差《まなざ》しを投げかけていた。言葉を交わさずとも分かる。ようやくここまできたわねという、その思いが伝わってきた。

【贖《あがな》いの杖《つえ》】。

マナに選ばれし、真なる統率者の資格を持ち得る者だけが属する組織。

自分と妻はその頂点に座していた。

だがマードはまた冷静な部分も持ち合わせている。【贖いの杖】が大きくなったのは自分や妻の力だけが理由ではない。

いやむしろ大部分は『彼女』のおかげだろう。

「出番だよ、我が愛する娘」

信者たちを見下ろす高い台の上で、マードは自分と妻の間に立つ人物に声をかけた。

美しい少女だ。腰まで伸びた銀の髪は滑らかで、松明の明かりを浴び何よりも強く輝いている。

肌は触れることを躊躇《ためら》うほどに繊細で、丸く大きな瞳は精巧な硝子《ガラス》細工を思わせた。

信者たちと同じローブを身に纏《まと》い静かに佇《たたず》む様は、それだけで周囲にある種の緊張感を与える。まるで創造主の使いと相対しているかのような、溢《あふ》れんばかりの神聖さを放っているが故に。

「ええ、パパ」

小さく頷《うなず》いて、少女は一歩踏み出した。

「しっかりね、ソフィア」

肩に手を置いたエイダにソフィアは笑みを浮かべる。誰もが陶然と息をつくかのような魅力的な笑みを。

「任せて、ママ」

ソフィアはやがて台の突端に立つ。

数千人の信者たちを見下ろす形になった場所で、ゆっくりと両手を広げた。

「――嗚呼《ああ》、愛すべき我が子たち」

信者たちが急速に静まっていく。誰もがソフィアを見上げ、様々な表情を作った。ある者は恍惚《こうこつ》と、ある者は昂揚《こうよう》と、ある者は陶酔と――。

いずれも年端もいかぬ少女に向けるとは思えない、まるで母に対して抱くような感情を表情に浮かべている。

「生まれついて特別である我が子たち。他と違うがゆえさげすまれ、忌避され、時に痛みさえともなう時を過ごした同胞たち。なんじらの苦しみはいかばかりか。おもうにはあまりに大きく、理解するにはあまりにふかい」

朗々と響く幼い声は、しかし、信者たちの心を確かに突き刺す。

そこかしこですすり泣く声が聞こえ、中には崩れ落ちる者もいた。

「しかし安心していいのです。その苦しみは真へいたるまでの試練でありました。見事のり越えたあなたたちはここにいたり、理想をえました。楽園にゆるされました。あなたたちは特別であるがゆえに遠ざけられ、しかし、特別であるがゆえ世界に選ばれたのです」

ソフィアは微笑《ほほえ》み、慈しむ目を信者全員に注ぐ。

「全ての者にあがないを。蒙昧《もうまい》なるやからに相応なる罰を。全てはマナの導きのままに」

わずかな、静寂。

だがやがて、誰かが声を発した。

「全ての者に、贖いを」

それが誰であるかは関係がない。

灯《とも》された火が、きっかけに関わりなく激しく燃え広がるように。

「全ての者に贖いを」

「全ての者に贖いを」

「全てはマナの導きのままに」

「全てはマナの導きのままに」

誰かの声は誰かに続き、その誰かの声がまた誰かを繋《つな》ぐ。

わずかな間に伝播《でんぱ》した言葉はしばらくして、全員の意志となった。

「全ての者に贖いを」「全てはマナの導きのままに」「全ての者に贖いを！」「全てはマナの導きのままに！」

声を嗄《か》らし叫ぶ信者たち。その内の一人が言った。

「ああ、我らが母、素晴らしき【災厄の魔女】よ！」

「愛《いと》しき象徴、災厄の魔女！」

「我らをお導き下さい、災厄の魔女よ！」

大勢が口々に唱える呼びかけ。

少女はただ、それらを冷静に受け止め、短く返した。

「――全てはマナの導くままに」

歓声が巻き起こる。集団の衝動はうねりとなり膨大な力となった。

熱気が空間を支配する。止める者など誰も居ない。

「ああ……この子が居れば」

マードは呟《つぶや》く。掻《か》き消えそうな騒動の中で。

「……この子が居れば、私はもう何も恐《こわ》くなどない」

気づくと傍《そば》にエイダが寄り添っていた。

体を預ける彼女の頭を、マードはそっと撫《な》でる。

「マード。わたしたちは幸せね」

不意に呟くエイダの言葉に、マードは深々と頷く。

「ああ、そうさ。私たちは幸せだ。あの子の力は私たちを救うのだから」

「ええ。それでこそ、あの子を引き取った意味があるのよ」

妻と視線を交わし、笑みを浮かべ合っていたマードは、不意に視線を感じて前を向いた。

「…………」

ソフィアがじっと、見つめてきている。その瞳にはどのような感情の色も無い。

ただ、奥底に秘めた昏《くら》い何かがある気がして、マードは尋ねた。

「ソフィア。パパに言いたいことがあるのかい？」

だが、ソフィアはやがて、ゆるりと首を横に振って答えた。

「いいえ。なんでもないわ、パパ」

彼女が、見る者の心を癒やすような、柔らかな笑みを浮かべる中で。

広々とした空間には、常軌を逸したような信者たちの叫びが、ただ延々と響いていった。


「災厄の魔女？」

轟々《ごうごう》とした風が吹《ふ》き荒《すさ》ぶ中、イヴはロイドに尋ねて来た。

「ああ。【贖いの杖】の中心にはそのような人物がいると聞いたことがある」

ロイドはドラゴンとなったイヴの上に立ち、前を見つめながら答える。

【贖いの杖】の本部があるというラケシス山へ向かう道中のことだった。

最初はマナを使っての移動を考えていたが、イヴが、自分が同行するなら元の姿に戻って飛んだ方がいいと言ったのだ。

特に異論もなかったため、こうして飛翔《ひしょう》するイヴの背中に乗っているというわけである。

その都合上、上空高くを移動し、突風のような衝撃波が絶えず襲ってくるし、気温も相当に低い。だがマナを身に纏うことで防壁となしているロイドにとっては、何の苦にもならなかった。

「かつて、【災厄の双魔】という魔導士の夫婦が居た。どちらも強力なマナ使いであり、災害級の魔法を幾つも扱い、世界各地を荒らし回ったそうだ」

「それはまたはた迷惑な奴等《やつら》が居たものだな。平和で大人しい我とはえらい違いだ」

「各国に多大な被害をもたらしたものの、やがては捕らえられ、数年前に処刑されたんだが」

「……冗談を突っ込まれないと立つ瀬がないのだが」

「今、どこか笑うとこがあったか？」

きょとんとするロイドにイヴはドラゴンの顔で大きく息をついた。

「もういい。それで？」

「ああ。事は解決したように見えたものの、夫婦には娘が居たらしい。それを【贖いの杖】が見つけ、保護し、【災厄の魔女】と名付け、御子《みこ》として祭り上げているとのことだ」

「ふうむ。なぜ娘だと分かった？」

「災厄の双魔は処刑される直前、たとえ自分たちが死んでも娘が居ると言い残した。彼女が成長すればいずれ自分たちの遺志を継ぎ、再び世界を混乱に陥れるだろう、とな。各国は血眼《ちまなこ》になって娘の足取りを追ったがついに掴《つか》めなかった。その為《ため》、夫婦が処刑される憎しみからついた嘘《うそ》だろうと思われていたのだが」

【贖いの杖】が保護したことで事実であることが発覚した、というわけだ。

「しかしその娘が本当に夫婦の娘であるかどうかは分からんだろう？」

「【贖いの杖】による破壊行為を受けた街で、奴らが言っていたのを聞いた者が居た。この御子様こそ、かの偉大なる災厄の双魔の忘れ形見、災厄の魔女である、とな。実際、そうとしか思えないほどに強力な魔法を使っていたらしい」

「……なるほどな。しかし時系列から考えるに、その娘はまだ幼いのではないか」

「恐らくはな。十になるかどうか、というところだろう」

イヴが沈黙した。何か重要なことと葛藤するように。

「どうかしたか」

「……いや。もしそうだとしたら、その娘は組織に利用されているだけではないのか。【贖いの杖】が親代わりに育てることで彼女を洗脳し、いいように操っている可能性もある」

「……ああ。確かにそうかもしれない」

「もしそうなら、組織自体を潰すとしても娘は救いたいものだ」

「なぜだ?」

「なぜって……」

予想外の質問だというように、イヴは長い首をもたげてロイドの方を見てきた。

「その娘は組織に騙《だま》されているだけだろう。彼女に罪はないではないか」

「だが王の要求は組織を壊滅させることだ。もし災厄の魔女を残せば、また同じような連中が集まり彼女を担《かつ》ぎ上げるかもしれない」

「だ、だから幼い少女すら手にかけるというのか⁉」

「必要があれば、な」

「貴様という人間は……」

驚き、というよりも、どこか得体の知れないものでも見るようにイヴは声をわずかに震わせた。

だがロイドとしては彼女の反応が理解できない。

求められたことを完璧にこなすにはその程度はやって然《しか》るべきだろう。

「……まだ我の方が少しは人間らしいとは皮肉な話よ」

呟いたイヴの声は周囲で渦巻く激しい風にさらわれていった。

と、その時、

「む。何か見えて来たぞ。あれは……あれはなんだ⁉」

前方に聳《そび》える『それ』を見て、イヴは声を上げた。

堅牢《けんろう》なラケシス山の頂上。まさにその突端――より上空に、あるものが存在していた。

石造りの床から幾本もの巨大な柱が立ち、整然と並んでいる。

それらは細緻な彫刻の施《ほどこ》された屋根と、その下にある建物を支えていた。

神殿だ。神を祀《まつ》るために造られた、聖なる建造物。

それだけならロイドも見たことがあった。

ただし――空中に浮かび上がっているものを目にしたのは、初めてである。

神殿の真下には紫色に透き通る巨大な水晶があった。それが薄く輝きながら、建造物全体を薄い膜のようなもので包み込み、空中に固定している。

「魔導兵器の一種か……」

「まどうへいき？　なんだそれは」

「オレが殲滅《せんめつ》者計画に参加していた頃、施設に居た研究員が話しているのを耳にしたことがある。対魔王軍用に開発している画期的な兵器があるとな。複数人によってマナを注ぎ込むことで通常であれば考えられぬほどの効果を発揮するものらしい。オレが旅立った後、正規稼働する段階にまで至ったか」

マナを注入することで、様々な効果を示す特殊な鉱石がある。

それらを素材にして鍛え上げることで、本来ならありえないような現象を起こすことのできる武器や防具、道具などが、世間にはごくわずか流通していた。『魔剣』や『魔鎧《まがい》』と呼ばれ、いずれも強い力を持つが、鉱石自体が貴重なため数は少なく、どれも目が飛び出るほどの値段がつけられている。

魔導兵器はいわば、その発展形とも呼べるものだ。

「むう。人間どもがそんなものを。しかし、なぜ本来は国が持つようなものを、奴らが保有している？」

「分からん。何者かによって技術が流出したのかもしれない」

ディルグランド国内にも【贖いの杖】の信者はいる。その内の何人かが魔導兵器開発の関係者であれば、ありえない話ではなかった。

「なるほど。しかし考えたものだな。本部を空中に浮かばせれば攻め入るのは難しくなる」

「ああ。ディルグランド王がオレに頼んできたのもそういう理由あってのことかもしれん」

「ふん。しかし所詮は人間の浅知恵よ。自在に空を飛ぶ我らの力があれば無駄なこと！」

言って、イヴは翼をはためかせた。更に勢いをつけて速度を増し、そのまま突っ込んでいく。

そして――。

「おぶがっ！」

派手な音を立てて激しく衝突し、そのまま落下した。ロイドは咄嗟《とっさ》にマナを伴ったまま高々と跳躍し、巻き添えを避ける。

「な、なんだ⁉　なににぶつかったのだ⁉」

慌てて翼を幾度もはためかせ、体勢を整えながら、イヴは目を見開く。

ロイドは再び彼女の背に降り立ちながら、自らの推察を述べた。

「どうやらあの膜は建造物を浮かばせるだけでなく、侵入者を拒む結界の役目も果たしているようだな。風の流れが膜を避けているからそうじゃないかと思ったが」

「そういうことは早く言え‼」

「試してみないとわからないから黙っていた。すまない」

頭を下げるロイドにイヴは「まったく貴様という奴は……」と呆《あき》れたように返して、

「それで。どうする。このままでは入れんぞ」

「それは問題ない。このまま突破する」

「突破するって、一体どうやって……」

イヴが喋《しゃべ》り終える前に、ロイドは結界に向かって跳んでいた。

近づいてくる膜を前にして拳を振り上げる。同時に周囲から取り込んだマナを発動。全身から放出した青白い光が右手へと集まっていく。

ロイドは軽く拳を振るい、結界にぶつけた。

鼓膜を揺さぶるような異音が発する。

瞬間、音も無く結界は砕け散った。

「おお⁉　一体どうやったのだ⁉」

落ちてくるロイドを拾ったイヴが、驚愕《きょうがく》しながら訊《き》いてくる。

「結界を構成しているマナに干渉し、共鳴させて造りを書き換えた。自壊するようにな」

「……そんなこともできるのか？」

「ああ。一瞬で大量のマナをぶち込めばなんとかなる。簡単だ」

内部に入り込んだイヴが、神殿に降り立ち、姿を人間へと変えた。

「聞いているだけでは簡単に思えぬのだが……まあいいか」

腑《ふ》に落ちない顔をしている彼女に構わずロイドは、神殿を見回す。

その時、突如として目の前の道、その一部が動き始めた。

数ヵ所が左右に開くと、真下から何かが現れる。

鉄で造られた砲身だ。後端には、神殿を支えているのと同じ水晶がついている。

それらは空《あ》いた穴を一斉にロイドたちに向けて来た。

「んん、今度はなんだ？」

「さぁな。見た目は攻城兵器——大砲に似ているが。ということは……」

砲身の水晶部分が光を放ち始める。間もなく、穴の中心に青白い粒子が集結し始めた。

「侵入者のマナ発動を感知したところで起動、あらかじめ蓄積したマナを推進力として砲弾を放つ、自律式魔導砲といったところか」

——爆裂音。

ロイドの言葉を証明するように、次々と猛速度で砲弾が迫ってきた。

「ふむ。魔導兵器とは大したものだな。こんな芸当までできるとは」

「呑気《のんき》に分析している場合か！」

イヴは地を蹴ると、体の一部分のみをマナ変換。現れた巨大な尾を鞭《むち》のようにしならせ、砲弾を全て撃ち落とした。

しかし魔導砲は間髪入れずに鉄の塊を吐き出し、尚《なお》もロイドたちに牙を剝《む》く。

「ええい、面倒な。これでも喰《く》らえ！」

息を吸い込むと、イヴは大量の火焔《かえん》を吐き出した。

それは石造りの床を瞬時に焦がしながら波のように向かい、全ての魔導砲を一瞬にして溶かしてしまう。

「ほう。さすがの威力だな」

「我の火を喰らっても平然と立っていた奴に言われても全く嬉《うれ》しくはないな……」

腕を組みながら唇を尖《とが》らせていたイヴは、しかし、そこで目を見開いた。

先ほどとは違う床が開くと、再び魔導砲が現れたのだ。

「んなっ⁉　一体、幾つあるのだ⁉」

「新興宗教組織とは思えない資金力だな。全ては災厄の魔女の恩恵か」

「フンッ、何度出てこようと同じこと。我の炎で焼き尽くしてくれる！」

再び火を吐くために体を反《そ》らしたイヴだったが、

「いや、面倒だ。――根本を断つことにする」

ロイドは握った拳にマナを集中。地面に向かって叩《たた》き落《お》とした。

重く、腹に響くような音が世界を震撼《しんかん》させる。

直後、頑丈な石造りの床に罅《ひび》が入った。

それは、瞬《また》く間に無数の亀裂を走らせ、深々と割っていき――。

挙げ句の果てに、視界にある床の一部を崩壊させた。

ぽっかりと巨大な穴が空き、瓦礫《がれき》もろとも隠されていた魔導砲が全て落ちていく。

「…………」

「さて行くぞ」

ロイドはイヴに呼びかけて、歩き始める。

「我、ドラゴンとしての矜持《きょうじ》を失いそうなのだが……」

後ろでイヴが何か虚《うつ》ろな声で言ううちに、ロイドは穴の縁に足をかけると、マナを放出して軽々と飛び越えた。

「なにをしている。中に入るぞ」

声をかけると、イヴは「ええい、分かっておるわ！」と半ば自棄《やけ》になったような調子で答え、翼を生やすとロイドの元にやってくる。

ロイドたちが神殿内部に入ると、薄暗くだだっ広い空間が出迎えた。内部からも屋根を支えるように柱がいくつか立っている。

「さて、まずは教祖を捕らえるとするか。どこにいる？」

ロイドの問いにイヴは神殿内を観察しながら答えた。

「偉い奴は大抵が奥の方にいるだろう。そちらの方が安全だからな」

「だからお前も洞窟の奥にいたのか」

「我はあの場所が過ごしやすかったから居ただけだ」

「ほう」

「……なんだその反応は⁉　嘘だと思っているな⁉　おい、嘘だと思っているだろう⁉」

「いや別に」

どうでもいいから適当に答えただけなのだが、とロイドが思っていると、焦燥めいた声が聞こえてきた。

「な、何事だ⁉　今の音はなんだ⁉」

奥の方からやってきたのは、真っ白いローブに身を包んだ連中だ。【贖いの杖】の信者たちだろう。

「お前たちはなんだ⁉　どうやってここに入ってきた⁉」

ロイドたちを前にして狼狽《ろうばい》する信者たちに、

「質問に答える義理はない。この組織を壊滅させにきた」

「なにを馬鹿な……！」

ロイドは軽く腕を振った。マナを伴う力によって物理衝撃波が生じ、それは虚空を走ると信者たちの背後に立っている柱を容易に打ち砕く。

「疑うのは勝手だ。こっちはこっちで好きにやらせてもらう」

破壊の痕を目にした信者たちの顔から、一気に血の気が引いた。

「な、なんなんだ、お前は……お、おい！　あれをもってこい！　あれを！」

信者の一人が指示をすると他の数人が頷いて、泡を食ったように奥へと向かう。

「く、くくく。誰かは知らんが、中途半端な力を振りかざして我が【贖いの杖】の本部へ乗り込んできたことを後悔するがいい。今から見せるのは――」

「そうか。悪いが先に行くぞ」

何やら勝ち誇ったように言う男を無視してロイドが移動を始めると、彼は慌てて前に立ちはだかった。

「ま、待て！　少しは人の話を聞く姿勢を見せろ！」

「敵ながらその意見に関しては同意する」

深々と頷くイヴに、ロイドが小首を傾《かし》げていると、不意に耳が何か大きな音を捉えた。

間もなく――闇の衣を剝ぐように現れたのは、高い天井《てんじょう》をもってなお頭がつきそうなほど、巨大な物体だった。

言うなれば出来損ないの石像だ。

石柱を手当たり次第にノミで削り、人間に似せようとすればこうなるだろうか。

二本の足で立ってはいるものの、腕は異常に太く長く、頭はない。

本来首があるべき部分がわずかなでっぱりを見せ、そこに二つの小さな赤い点が、目の代わりであるように埋め込まれている。

中途半端な出来に相応《ふさわ》しく、ぎこちないものではあったが――しかし、それは確かに動いていた。さながら、かりそめの命を与えられた操り人形のように。

更に一体だけでなく、後から二体、三体、四体と続いてくる。

「なんだこれは。またみょうちくりんなものを」

「ふん。聞いて驚け。これは我が【贖いの杖】の生み出せし魔導兵器の一つ、その名も【自律式魔導戦闘人形《ゴーレム》】だ！」

信者が後ろに下がり、ロイドたちを指差してきた。

「我らの命に従い、侵入者を駆逐する。さぁ、やるがいい！」

下された命に、ゴーレムたちは両手を掲げた。

金属を震わせるような独特の声を上げ――一斉に、ロイドたちへと向かってくる。

「邪魔だ」

が、ロイドがマナを集中させた足を振るうと、暴風が巻き起こった。

大気を打ち砕きながら襲い掛かる強烈な衝撃波は、ゴーレムたちを纏めて吹き飛ばし、更には壁に衝突させて粉々に砕き割る。

「………………は？」

後には間の抜けた顔をさらした信者たちだけが残った。

「無駄な抵抗はやめよ。この男に逆らっても虚《むな》しくなるだけだ」

やけに実感の籠もった口調でイヴが言うと、信者たちは怯《ひる》み、わずかに後退する。

「こ、この程度で勝ったと思うなよ！　次を用意しろ！」

しかし、先頭に立つ男――恐らく集団の頭領だろう――が指示をすると、他の信者たちは頷いた。間もなく後ろの方から別のゴーレムたちがやってくる。しかも今度は数が倍だ。

「戦闘準備！」

次いで先頭の男が前方に手を翳《かざ》すと、後ろにいた者たちも倣う。

「万物・流転・火焔・炎上！」

男が唱えると実体化したマナが下から上に噴き上がった。まるで降雪を逆転させているかのような奇妙な現象だ。

「万物・流転・紫電・墜撃！」

「万物・流転・水流・演舞！」

「万物・流転・土塊・破壊！」

続き、信者たちがある種の法則性をもって口にした言葉に、マナが応えた。

粒子が回転し、結合し、全く別の形を成す。

あるものは轟々と燃え盛る炎球に。

あるものは耳障りな音を鳴らし激しく火花を散らす雷雲に。

あるものはうねるような動きを見せる水の流れに。

あるものは集合し巨大な槌《つち》となった岩塊に――。

自然界に存在する現象は、今や、ただの人間であるはずの彼らの手中にあった。

「……魔法か」

触れ込み通り、稀少《きしょう》なはずの魔法の使い手が【贖いの杖】には大勢揃《そろ》っているようだ。

「ロイド、先に行け。ここは我が相手をする」

と、そこでイヴが前に出ると、片手を広げた。

「数が相手であれば別段、貴様がいなくてもなんとかなろう。ぐずぐずしていると奴らの首魁《しゅかい》が気付き、逃げ出してしまうかもしれない」

「任せても大丈夫なのか」

「任せても大丈夫なのか、だと？」

イヴがにやりと笑った。当然のことを訊くなと言わんばかりに。

「──我を誰だと思っている」

瞬間、イヴの体がマナの光に包まれ、みるみるうちに巨大化した。

雄々しく踏みしめた頑丈な床が容易《たやす》く陥没する。

振るった尾は多大な威力をもって、柱を打ち砕いた。

広げた翼がそれだけで信者たちの何人かを無造作に撥《は》ね飛ばす。

「────ッ！」

天井に向かって咆哮《ほうこう》した声が──広大な空間をそれでも尚、激しく揺るがせた。

「ド……ドラゴンだ！」

「な、なぜこんなところにドラゴンが⁉」

信者たちは恐《おそ》れ慄《おのの》き、たじろいだ。

普通の人間にとってドラゴンとは即《すなわ》ち脅威そのものに他ならない。

戦えば死、逃げれば死、出会えば即ち、死。

終わりの象徴であり絶望の担《にな》い手である。

「……そういえばそうだったな」

ロイドは頷き、歩き始めた。慌てふためく信者たちの間を潜《くぐ》り抜《ぬ》けていく。

「お、落ち着け！　ゴーレムと魔法があればたとえドラゴンが相手でもなんとかなる！　やれ！　やるんだ!!」

必死で呼びかける男と、背中を向けて逃げ出そうとする者たちを尻目に——。

ロイドは、悠々と奥へと向かった。


長い廊下を進むとやがて遠くに大きな扉が見えてきた。

この神殿内に関して言えば、それほど構造が複雑なわけではない。空中にあるという利点から、ろくに侵入者対策をしていないのだろう。

枝分かれした道もしれているし、各所にある扉も地味で『それっぽい』ものでもなかった。教祖が居るとすれば造りの立派なあの扉の先である可能性が高いはずだ。

「待て」

だが進むにつれて、ロイドは暗がりに潜む何者かの気配に気づく。

前方、壁に設置された松明の下に現れたのは、一人の男であった。

ローブに全身を包み込んでおり、顔すらはっきりとは分からない。だが体格は良く、厚い布の上からも肉体がよく鍛え上げられているのが認識できる。

また、何より相手から漏れ出るはっきりとした殺意と、圧力が、只者《ただもの》ではないことを知らせていた。

「お前が何者かは知らないが、この先を通すわけにはいかない」

男は言って腰に手を伸ばし、何かを引き抜いた。松明の光の中、銀が煌《きら》めく。

長剣だった。だが鍔《つば》や柄《つか》には独特の意匠が施されており、普通の武器ではないのは明らかだ。

「悪いが役目がある。無理やりにでも通らせてもらう」

ロイドは男に構わず歩みを進めた。彼の言動と先ほど感じた殺気から、やはり見える扉の先に目的の教祖がいるのだろう。

「随分と入り口で派手にやったようだが、教祖様に何の用だ」

そんなロイドを止めるように長剣の先を突きつけ、男が問うてきた。

「教祖もろともこの組織を壊滅させる。それが王から受けた依頼だ」

「……我らは我らの理想に従って行動している。何者にも阻害される謂《い》われはない」

「【贖いの杖】が行った破壊活動は、そんな理屈で許されるものではないと思うが」

「ほざけ。我らが受けた苦痛はそれ以上だ」

男がローブに手をかけて、後ろに払った。その顔が明らかになる。

ロイドはわずかに、眉を顰《ひそ》めた。

男の顔は——ひどく爛《ただ》れていた。まるで毒にやられたかのように右目が腫れて塞がっており、左下の口元は、重い火傷《やけど》を思わせるように赤黒くなっている。

髪は右半分しかなく、左は毛穴さえ残されていない。代わりに在るのは巨大な蚯蚓腫《みみずば》れのような痕だ。

「……マナ中毒か」

ロイドの呟きに、男は無言で頷いた。

マナ中毒。大気中に漂うマナへ肉体が過敏に反応し、体の内外に急激な変化を起こすことを指す。

男のように傷跡のようなものが生じる者もいれば、鱗《うろこ》のようなものが浮き出す者、角や翼《は》が生える者——獣そのもののような姿になってしまう者もいるという。

マナを限界以上に吸収した場合も同じことが生じるものの、無意識的な抑制がかかっているため、滅多に起こるものではない。

基本的には生まれたばかりの赤ん坊のうちわずかに現れるという症状だ。

表面上に出る異状はまだマシな方で、中には耐え切れず体の細胞が壊死《えし》し、そのまま死に至る者もいるという。

また、マナ中毒者はその見た目や発症の原因から『神に見放されし者』とされ、酷《ひど》い差別の対象となっていた。

「【贖いの杖】の信者は全員が『見放されし者』だ。おれ自身も幼い頃から謂われのない差別を受けて来た。ただ醜く生まれた、それだけでな」

男は再びローブを目深《まぶか》に被《かぶ》る。自らの顔を表へさらす行為を疎むように。

「これは復讐《ふくしゅう》なんだよ。痛み、苦しみ、恐怖、憎悪、憤り、絶望、落胆——世間がおれたちに抱かせた感情、その全ての酬《むく》いを受けさせているんだ」

両手を広げ、男は朗々と主張する。

「教祖様は仰《おっしゃ》った。おれたちこそが真《まこと》に世界を導く者。マナの影響を色濃く受けたおれたちは新しい人間の形であり、数が多いだけの旧人類を統治しなければならないと。おれたちは見放された者じゃない。選ばれた者なんだよ！」

「……そうか」

端的に答え、ロイドはマナを放出させた。青白い光を周囲に舞わせる。

「言い終わったか？　なら先に行かせてもらう」

「おい。おれの話を聞いて何とも思わなかったのか。これは正義なんだ。お前に依頼している側が間違っているんだ。おれたちは理想の世界を目指している。だから邪魔をしないでくれ」

「——どうでもいい」

断言し、ロイドは一歩踏み出した。

「お前の過去もお前の道理もお前の夢もどうでもいい。関係がない。興味がない」

少しずつ、だが確実に近づいていく。

「不遇の言い訳は、オレの居ないところでやってくれ」

ぴくり、と男の肩が動いた。俯《うつむ》き、低い声を出す。

「言い訳だと……？」

「自分が不幸であることの言い訳は、他でやってくれと言ったんだ」

「訂正しろ。おれは不幸じゃない」

「だからどうでもいいんだよ。オレの目から見てお前は不幸に見えるだけだ」

他人を慮《おもんぱか》って躊躇うという思想は、ロイドにない。それぞれがそれぞれの事情で動いている。それがぶつかるならぶつかり、負けた方が排除されればいい。

「生まれが悪かったからじゃない。――必死で自分自身から目を背《そむ》けていることが不幸だと言ったんだ」

「お前……ッ！」

男は前を向き、フードの奥にある目を剣呑《けんのん》に尖らせた。

「お前に何が分かる――ッ！」

剣を構え、真《ま》っ直《す》ぐに突っ込んできた。ロイドの目の前で掲げた刃を振るう。

反射的に左へ避《よ》けた直後、男の得物の切っ先が、硬い床にめり込んだ。

その隙《すき》に前へ抜けようとするロイドだったが――。

ある予感が肌を伝い、足を止めて、後方へと下がった。

直後、先ほどまで自分の居た位置に無数の刃が突き刺さった。

「……これは」

ありえない光景だ。

男の剣が、増えていた。

まるで分裂するかのように、刃から別の刃が突き出て、伸長し、あらゆる箇所に突き刺さっている。

「見たか。マナを通すことで刃から刃を生み出す画期的な武器——魔剣【無限裂《サウザンド》】だ。ひとたび振るえば刃が増え、その刃からまた別の刃が増える。そうして無尽蔵に増殖した刃が獲物を逃さず突き殺す」

「……ほう。面白いな」

「果たして全身を刺され血飛沫《ちしぶき》を上げてまでそんなことが言えるか？　喰らえッ！」

男が上段から縦に剣を振るう。それだけでわずかな間もおかず刃が数を増やした。

一本から二本に、二本から三本に、三本から四本に。

五本、六本、七本、八本、十本十一十二十三十四十五——。

まるで剣によって造られた森の如く空間を埋め尽くす刃が、一斉にロイドへ牙を剝く。

ロイドは拳を振ってマナによる衝撃波を飛ばした。全ての剣が粉々になる。

「無駄だ！」

しかし男の得物はすぐに再び増殖を開始し、刃の数を瞬く間に増やした。先ほどと変わらぬ群れが襲撃をかけてくる。

咄嗟に、ロイドはマナによる障壁を展開させた。剣の群れが衝突し激しい音を鳴らすが、それにより侵攻は妨げられた。

「っ、これは……なるほど。強力なマナを持っているようだな。だが、そのままでもおれは一向に構わない。お前を足止めしておくことそのものが目的だからな。今、別の道を通って信者が教祖様までこの事態を伝えに行っている。間もなく、彼《か》のお方は無事に避難されるだろう！」

「……なるほど。それは困るな」

「障壁を解くか⁉　しかしそんなことをすればどうなるかは明白だ。お前が攻撃を仕掛ける前に剣は無慈悲に貫くだろう！」

「だろうな。だから――」

ロイドは呟いて手を振った。

「そうする」

障壁が解ける。同時に、相手の放った全ての刃が自らの体へ突き刺さるのを感じた。

「……どういうことだ」

予想外の行動だったのか、男は呆気《あっけ》にとられた顔をする。

だがその表情は次いで、愕然《がくぜん》としたものへと変わった。

ロイドが、歩き始めたからだろう。

全身に無数の刃を突き刺したままで、ロイドは平然と奥へと進んでいく。

刃が体を裂き、あらゆる箇所から血が流れ、床に落ち、赤く染めていく。

だが、表情一つ変えることはない。

「剣は無限に増やせても刺せる箇所には限りがある。進行の邪魔になるものだけ排除する」

ロイドは移動を妨げる剣などをマナの力で砕きながら、ついに男の前へと辿《たど》り着《つ》いた。

「しょ……正気じゃない。なぜ痛みに耐えられる……!? い、いや、その前にこれだけ刺さっていればとてもではないが動ける状態では……!」

「剣が傷を広げる度にマナで修復している。痛みも同じようにマナを使って麻痺《まひ》させた」

「……馬鹿な……」

呆然《ぼうぜん》とする男の心中は、容易に推し量ることができた。

人間には、根源的な感情がある。

損壊への躊躇《ちゅうちょ》。命を失うことへの忌避だ。

信者たちがイヴの姿を見て怯《おび》えたように。人は誰しもに訪れるであろう終焉《しゅうえん》に対し、それを少しでも先延ばすために無意識下で反応を示す。

物を投げられれば反射的に腕で庇《かば》ってしまうように。

崖から突き落とされると慌てて何かを掴んで落下を阻止するように。

故に無数の剣を前にして、いくら痛みがなく傷を負わないからといって――当たり前のように突き進もうとする人間など、いるはずがない。

そう、思っているのだろう。

「……化け物か、お前」

「慣れたな、その呼び方」

ロイドは、素っ気無く答えた。

「マナの影響を色濃く受けた自分は選ばれた人間なのだと、お前はそう言ったな」

怯えるような顔を見せ始める男へと、感情を挟まずに続ける。

「だが、その行き着く先はオレだ。恐怖が消え、不安を抱くこともなく、勝利することも敗北することも、全てがどうでもよくなる。あるのは漠然とした虚ろな気持ちだけだ」

「なにを……」

「選ばれること自体には、何の意味もない。単に確率の問題だ。たまたまお前が不幸であったことと、たまたまお前が才能を持ったことに、大した差はない。ただ現実がそうであっただけで、意味など介在しない」

ロイドはマナを集結させた拳を振り上げると、

「特別な力だけでは無価値だ。——何も報われないんだよ」

そのまま、目の前の男に向けて叩きこんだ。

相手は紙屑《かみくず》のように吹き飛び、背後の扉に当たるが——それすら軋《きし》んだ音を立てた後で破壊し、向こうへと消えていった。

同時に剣は全て引き抜かれ、ロイドは更に出血する。

だが放った大量のマナが傷口を即座に癒やし、痕も残らずに修復した。

「……行くか」

ロイドは腕を回すと、扉の先へと向かった。

依然として薄暗い内部に入ると、持てあますほど広い空間が出迎えた。屋根を支える柱が群れを成す、その中央に先ほどの男が倒れている。

(マナの威力は絞った。死んでいることはないだろう)

適当に判断し傍を通り過ぎた。万が一、命を落としていたところでロイドには関係のないことだ。

「………………」

ただ、男の存在は、ロイドに過去を思い出させた。

殲滅者計画に参加する前、強い力を持つことで何かが変わるのではないかと、期待を抱いていたあの頃を。

そのために過酷な実験に耐え続け、待ち受けているであろう未来に想《おも》いを馳《は》せた。

しかし、時を経るうちにそうした感情も薄れ、摩耗し、やがては消えていった。

無幻機構を埋め込まれたことから生じる尋常ではないほどの痛みと絶望に、ロイドが現実逃避のようにして、まともに思考することを放棄していったからだ。

結果、それはロイドの中に残された最後の人間的な感情すら奪い去ってしまった。

そうして生まれたのが、意志ある兵器として存在する今の自分である。

（大事なものを失《な》くしてしまったかもしれないが、それがなんだったのかすら分からない）

何かを好転させるために行動したのに、前以上に何も無い状態となってしまった。

だが今更、それをどうこう思う心もなかった。

「そう。……どうしようもないことだ」

ロイドは独りごち――それからは、ただひたすらに前へと進んだ。

やがて長い行程を経て、ようやく、目の前に広がる光景に変化が起こった。

数段高い場所に、部屋を見下ろす形でせり出した台がある。恐らくはこれが祭壇だろう。

実際そこには、神聖さを感じさせる衣服を身に着けた男女が二人立っていた。

一人は男。年齢からすれば四十を過ぎた頃だろう。右頰の辺りに鱗が生えている。

一人は女。恐らくは男より年下。首に大きな痣《あざ》がある。

二人は青ざめた顔でロイドを見つめていた。

彼らの傍にはもう一人、ローブを纏った人間が居る。ロイドたちのことを報告しにきた信者だろう。どうやら間に合ったようだ。

「く、くそっ！　お前、どうやってここまで来た⁉」

男が泡を吹きながら叫んだ。

「ロイドだ。ここまでは歩いてきた」

「嘘をつけ！　侵入者用の魔導兵器はどうした、他の信者たちは⁉　ここを守っているトウマはどうしたというのだ⁈」

「魔導兵器は壊した。信者たちはオレの……」

「オレの⁉」

「……嫁が相手をしている」

「嫁が⁉　なぜ⁉」

「頼りになる嫁だからな」

一応、伴侶としての関係を結んだ以上はそう称するしかない。が、やはりまだ、違和感があった。

「トウマという男は知らないが、魔剣をもつ男であればオレが先程倒した」

「そ、そんな……何者なの⁉　あなた！」

隣にいた女が金切り声を上げる。

「勇者と、そう言えば理解も早いか」

「勇者⁉　あ、あの、魔王を倒し、その軍をたった一人で壊滅させたっていう……マード、不味《まず》いわ！」

肩を掴まれた男、マードもまた、女と同じく額《ひたい》に脂汗を掻く。

「お、落ち着け、エイダ。しかし勇者がなぜ我が神殿に」

「【贖いの杖】を壊滅させろとのディルグランド王のお達しだ。お前たちを始めとした信者全員が大人しく投降するのなら、この建物を壊すだけで止めてやるが」

「ふ、ふざけるな！　我が組織は崇高なる使命の為に動いている！　それをお前たちのような下等な人間に命令されたからと言って！」

「なら全員、始末するしかないな。選択肢は二つだ。死ぬか。諦めるか」

「ぐっ……何様のつもりだ‼」

憎悪に満ちた目でロイドを睨《にら》み付《つ》けるマードに、エイダはすがりつく。

「で、でも、不味いわ、マード。相手は勇者よ。トウマが敗れた今、抵抗しても……」

だが狼狽する彼女と裏腹に、マードはそこで、余裕を取り戻した。

「は……ははは。なにを言っているんだ、エイダ。私たちにはあの子がいるじゃないか」

「……あ……そうね、そうだったわ！」

するとエイダもまた急に、眩《まばゆ》い笑顔を浮かべる。

「まだ力は成長し切っていないけれど、あの子が居れば、たとえ勇者でも！」

「そうだよ、エイダ。さぁ、呼ぼう。——ソフィア！　ソフィア、出ておいで！」

祭壇の奥に呼びかけるマード。

しばらくの静寂が漂ったが、やがて、

「……なぁに？　パパ。これからお昼寝の時間よ」

ひどく幼い声が返ってきた。

間もなく現れたのは、声音と違わぬ、美しく、儚《はかな》げな、十歳にも満たぬであろう少女だ。

身に纏う白いローブに煌めく銀の髪をなびかせて、ゆっくりとマードたちの元にやって来る。眠そうに目を擦り、空いた手に摑んでいた熊のぬいぐるみを抱きしめた。

「ああ、ごめんよ、ソフィア。でも少しお願いしたいことがあるんだ」

「パパとママを、この人から守って欲しいのよ」

エイダに背中を押され前に出たソフィアは、ロイドと目を合わせる。

「……お兄さん、だぁれ？」

「ロイドだ」

「そう。ロイドお兄さん。わたしはソフィアよ」

ぺこり、と音がなりそうなほど勢いよく頭を下げたソフィアに、ロイドも会釈する。

「ああ、挨拶なんてしなくていいんだ、ソフィア。この男は敵なんだよ」

「てき？　てきってなにかしら」

「悪いひとよ。とってもとっても悪いひと。パパやママにひどいことをしようとしているの」

マードとエイダから交互に言われて、ソフィアは長いまつ毛を瞬《またた》かせた。しゃがみこんで、台の上からロイドに呼びかける。

「お兄さん、そうなの？　パパとママにひどいことをするの？」

「場合によってはな」

「ばあいによって、なぁに？　やるの？　やらないの？」

「お前のパパとママがこっちの言うことを聞かないならやる。聞くのならやらない」

「まぁ。パパとママ、いうことを聞くならお兄さんは何もしないと言っているわ」

振り向いたソフィアにマードとエイダは同時に首を振った。

「嘘だよ、ソフィア。その男は嘘をついているんだ」

「そうよ。その男は敵なんだから。ソフィア、パパとママがあなたを騙したことがあった？」

「いいえ、ないわ、ママ。そうね。パパとママはいつでもわたしに本当のことを言ったわ」

立ち上がると、ソフィアはロイドに言った。

「わたしは神様につかわされたのよ、お兄さん。この世界に『さいやく』をもたらして、全部をもとに戻して、それから皆をとても良《い》い場所に連れて行くの。だからみんな、わたしにとっても良くしてくれるの。やさしくしてくれるのよ。御子様、御子様って」

「そうよ、ソフィア。そんなあなたを育てたくて、わたしとマードはパパとママになったの」

柔らかな手つきでエイダから頭を撫でられて、ソフィアは微笑んだ。

「わたしね、小さい頃からひとりだったの。パパもママもいなかったの。だからさみしかった。かなしかった。とっても、とっても、いやだった。だけど今のパパとママが、わたしのパパとママになってくれたから、とっても幸せになったのよ。パパとママはわたしが大好きなの。良いでしょ、お兄さん」

「お前が幸せかどうかは知らないが、そっちの二人はお前を利用しているだけだ」

ロイドは断言した。もはや、間違いはない。ソフィアこそが教団の抱える【災厄の魔女】だ。まだ物を知らない彼女を騙して養子にしたのだろう。

「りよう？　お兄さんはむずかしいことばかり言うのね。りようってなにかしら」

小鳥のように首を傾げるソフィアに、マードが慌てたように呼びかける。

「い、いいんだよ、ソフィア。そいつのことは無視して。とにかくあの男は、お前の大好きなパパとママを殺そうとしているんだ」

「そう。殺されたら、パパとママは、ソフィアの元からいなくなってしまうのよ」

エイダも口添えると、

「ええ!?　そんなのいやだわ。絶対にいやだわ！」

泣きそうな顔で首を横に振って、ソフィアはロイドに訴えかけてきた。

「お願い、お兄さん、そんなことはやめて。わたしのパパとママをとらないで」

「悪いがそれはできない。オレも任務を帯びている身だ」

「ひどいわ。どうしてそんなことをするの……？」

「そう、求められたからだ」

ソフィアは理解できないといった顔で両親を仰いだ。

「お願いだ、ソフィア、パパとママを守っておくれ。この男を倒しておくれ」

「あなたの力があればできるはずよ。魔法の使い方は覚えているわよね？」

だが、二人から互いに抱きしめられ、そう言われると――やがて彼女の表情は、戸惑《とまど》いから、決心へと変わった。

「……ええ、覚えているわ。そうね。仕方ないわ。パパとママを守るためだもの」

マードたちから解放されたソフィアは、ロイドを見下ろす。

その目に年齢不相応なほどの、凍えるような冷たさを宿し、

「お兄さん、ごめんなさい。少し痛くするわ」

轟《ごう》、と音が鳴る。

さながら竜巻が如くして立ち昇るのは、マナの粒子だ。

尋常な量ではない。信者たちなど比べ物にもならなかった。

「……さすがだな」

ロイドもまた、マナを放出する。全身に伝え、身体能力を活性化させた。

「一度で終わらせるから、大人しくしていてね」

ソフィアは両手を広げ、謳《うた》うように、言葉を紡いだ。

「万物・流転・雷王・降臨」

広大な室内を、真っ白な光が包み込んだ。

ソフィアの呼び出した雷であると理解したのは、一瞬、遅れてからだ。

それほどまでに凄《すさ》まじい規模だった。

広大な室内を圧迫するように、巨大な雷球が膨れ上がる。

「――さぁ、いって」

ソフィアの指示により、雷球は強烈な唸りを上げながらロイドに降ってきた。

「焼かれて死ぬがいい、愚か者がッ！」

勝ち誇ったようなマードの声に、ロイドは迫り来る雷球に対し、無言で手を翳した。

そして――。

ばづんっ。

大きな異音と共に、それを一瞬で消し去る。

「………なに」

余裕じみていたマード、それにエイダもまた、表情が固まる。

「魔法が消えた……お兄さん、なにをしたの？」

「別に大したことじゃない。雷球を構築しているマナを吸収しただけだ」

不思議そうにするソフィアにロイドは素直に答えた。

「相手の魔法に対し自分のマナを注ぎこむことで繋がりを持ち、己のものに変換し取り入れる。マナの扱いに長《た》けた者であればオレでなくてもできる。戦場で即座に大量のマナが必要になった時、よくやったものだ」

「た、確かに聞いたことがある……だが、それはあくまでも、自らで許容できるマナ量の範囲での話だ。お前が、ソフィアの生み出した魔法を取り込めるほどの器の持ち主だとでも言うのか⁉」

信じ難《がた》い、といった口調のマードを、ロイドは何も言わず見返すだけだ。

だが、ロイドが実際に魔法を吸収してみせたことが何よりの証左となっていた。

「ぐっ……いや。まだだ。ソフィアの力はこんなものではない！　見せてやれ！」

「そ、そうよ。さぁ、早く。早くやりなさい、ソフィア！」

両親から急《せ》かされて、ソフィアは頷くと、再び唱え始めた。

「万物・流転・雷王・降臨」

出現するのは、先ほどと同じ規模の雷球。

しかし——それだけではない。

「万物・流転・炎王・降臨」

太陽かと見紛《みまが》うばかりの焔《ほのお》の極塊が。

「万物・流転・水王・降臨」

全てを押し流さんばかりの水流のうねりが。

「万物・流転・颪王・降臨」

あらゆるものを薙《な》ぎ倒《たお》す暴風の使者が。

「万物・流転・地王・降臨」

生きとし生けるものを区別なく押し潰す剣山の如き岩の集合体が。

自然界を代表する属性が、次々とロイドの頭上に雄々しく浮上した。

いずれも一つあれば人間など数十人程度は軽く消し飛ばすことができる。

それが五つ。恐ろしいほどの圧力だった。

「はははははは！　どうだ、見たか、ソフィアの力を！　貴様がどれほどの力を持っているかは知らないが、これほどの魔法を一度で吸い取ることはできまい！」

「……確かに凄まじい効果だな」

どれほどのマナが使われているのか見当もつかない。この幼さにしては考えられぬほどの能力の持ち主だった。

「理解したなら引き下がりなさい。この数の魔法を使えば、神殿だってタダじゃ済まないくはないの」

　ソフィアもまた縋《すが》るように言った。彼女の場合は真にロイドの身を案じてのことだろう。

「お兄さん、パパとママの言うとおりよ。お願いだからかえって。お兄さんを傷つけた
　勝利を確信した笑みを浮かべながら、マードとエイダは忠告してくる。

「そうだ。自らの愚かさを悟り去るのなら、今だけ特別に許してやろう」

の。わたしたちもそれは望んでいないわ」


「何度も同じことを言わせるな」

　だがロイドはあくまでも淡々と答えた。

「オレは求められたことに応える。帰るつもりはない」

「……本当の愚か者だったか。仕方ない」

　マードが手を挙げる。エイダもまた頷いた。

「やりなさい、ソフィア。神の鉄槌を下すのよ」

「……はい、パパ、ママ」

　ソフィアはわずかに唇を噛《か》んだが、再び冷徹な表情へと戻る。

「ごめんなさい、お兄さん。だけど、一瞬で終わるから」

　指先をゆっくりとロイドへと向けて。ソフィアは静かに命じた。

「――いきなさい」

全ての属性魔法が、いわく表現し難い異音を奏で、ロイドへ殺到する。

眼前に災害級の現象が一緒くたになった、悪夢のような光景が迫った。

ロイドは無言で立ち続ける。そうして、手を翳した。掌《てのひら》全体にマナを集中させる。

「馬鹿が！　マナの吸収はできないと言っただろう！　無駄な抵抗を――」

激しい爆発音が響き渡った。発生した衝撃波が石畳を割って吹き飛ばし、更には周囲の壁すら砕いて崩壊させる。

「きゃあ！」

ソフィアが両手で頭を抱えて蹲《うずくま》り、反射的に展開させたマナの壁が暴風を防ぐ。マードとエイダは、耐え切れずに吹き飛ばされ、背後の壁に叩きつけられた。

「ぐっ……い、一体、なにが……」

顔をしかめながら上体を起こしたマードが、瞬間、場の状況を見て目を見開く。

「ちょ、ちょっと、どういうこと？　――なぜ、ソフィアの魔法がまた消えているの⁉」

同じく起き上がったエイダが、信じられないという表情で叫んだ。

あれほどの威力をもって放たれたソフィアの魔法はしかし、今、その全てが消え失《う》せていた。場は何事もなかったかのように静寂と平穏を保っている。

「……お兄さん、いま、なにをしたの？」

不思議そうに首を傾げるソフィアにロイドは当然のこととして口にした。

「放たれた魔法と同量のマナをぶつけて相殺《そうさい》した。それだけだ」

「馬鹿な⁉　そんなことができるはずがない‼」

すぐさまマードが言い返してくる。

「魔法はマナによって自然現象を『再現している』に過ぎない。だからこそ同量のマナを物理的な力として当てれば消すことが可能だ」

「り、理論的にはそうだが……」

たとえば炎の魔法に対して、同じく炎の魔法で対抗した場合。前者と後者のマナ量が同じであれば衝突して無に還《かえ》る。それ自体は、マナを扱う者であれば誰でも知っていることだ。ただ、

「ふざけないで！　あんな一瞬でソフィアが形成したのと同じマナ量を放出させるなんて、ありえないわよ！」

エイダが悲鳴を上げる。その気持ちはロイドにもよく分かった。実際、勇者になる前の自分であれば考えられなかっただろう。

「無駄な抵抗をしているのはお前たちの方だ。もうそろそろ諦めろ」

ロイドは足を踏み出した。ただ、それだけの行為ですら今のマードとエイダには言い知れぬ恐怖を与えているようだ。彼らは二人してその場に崩れ落ちると、やがて震え始めた。

認めたくないというように首を振るマードに抱きつきながら、エイダが叫ぶ。

「ソフィア！　もう一度！　もう一度魔法を使うのよ」

「だけど、ママ、また防がれたら……」

「いいからやりなさいよ！　あんなことが何度もできるわけないわ！　何度も、何度もぶつければいいのよ！　何の為にあなたを育ててきたと思っているの⁉」

耳障りな声を上げる義理の母親に、ソフィアはやがて頷いた。再びロイドの方を向いて口を開こうとする。が、

「悪いが付き合ってやる義理はない」

ロイドがマナを纏わせた拳を床に叩きつけた直後、その目論見《もくろみ》は崩れた。

強烈な地震が起こったかのように部屋が振動し、石畳の床が割れる。

次々と亀裂が走り蜘蛛《くも》の巣《す》のように広がっていくと、それはソフィアたちの居る祭壇に到達し根元から破壊した。

絶叫が迸り《ほとばし》、ソフィアたちは落下して瓦礫に身を打ち付ける。

その間にロイドが地を蹴ると、マナによって強化された足が人外の速度を実現。瞬きする暇もなく三人の前に立った。

「ひ、ひぃ……ッ！」

マードとエイダが互いに抱き合いロイドを見上げる。その瞳には肉食獣を前にした小動物の如き怯えが窺《うかが》えた。

「魔法を使うそぶりを見せた瞬間にお前たちにマナを叩きつける。どうなるかはさっき見たから分かるな」

固めた拳を見せると二人はがくがくと頷く。既にそこには、先ほどまで存在していた優越感は微塵《みじん》もなかった。

「ロイド！　待たせたな。存外と手間を取らされた。無事か⁉」

と、そこで背後からイヴの焦り気味の声がする。だが彼女はすぐに苦笑した。

「……心配する必要もなかったか」

振り返ったロイドは軽く頷く。

「問題ない。もう終わった」

「さすがというべきか、なんというか。というより我など初めからいらなかったのでは？　貴様一人でいいのでは？」

「初めからそう言っている」

「……そうだったな。まあ、良い。で、どういう状況だ」

近づいてきたイヴにロイドは簡単に事情を説明した。

「なるほど。信者どもは魔導兵器もろとも壊滅させた。後はこやつらを国王に引き渡すだけだな」

全てを理解したイヴはマードたちに近づいた。しかし、

「や、やめて……！」

ソフィアが、よろめきながら立ち上がり、二人を庇うように両手を広げる。

「パパとママをこれ以上、いじめないで……！」

「いじめるつもりはない。しかるべき場所に連れて行き、裁きを受けさせるだけだ」

「さばき……？　さばきってなに……？」

「ああー。まあ、なんというか。悪いことをしたから、ここととは違う場所で叱ってもらうのだ」

「……パパとママが悪いことをしたの？」

「んん。そういうことだな。うん。色々とダメなことをした」

言葉を選びながら告げたイヴに、ソフィアは迷うように目を逸《そ》らした。そして、

「……じゃあ、わたしはどうなるの？　わたしもパパとママと一緒に連れていかれて、しかられるの？」

「それは……どうなのだ？　ロイド」

「彼女は教団のやっていることを何も知らない。利用されただけだ。保護下にはおかれるだろうが罰は受けないだろう。恐らくは、だが」

災厄の魔女の力は強大だが中身は幼い子どもだ。マードたちを見る限り、改めて洗脳するのも難しくはないだろう。

で、あればディルグランド国からすればこれほど使いやすい人材もなかった。殺されることはないが、体《てい》よく騙され最強の兵士として王に利用される可能性はある。

と、そうロイドは踏んだが、詳細は告げないでおいた。知らない方が良いこともある。

「聞いたか。貴様は叱られない。だからそこをどけ」

イヴが安心させるように笑みを浮かべながら言って、手を振る。

だが——意に反してソフィアの表情は硬くなった。

「……嫌よ」

「なに？」

「パパとママと離れ離れになるなんて嫌！　わ、わたし、また独りぼっちになってしまうわ！　そんなのはぜったいに嫌！　嫌なの!!」

声を嗄らして叫び、その目に涙を浮かべたまま、ソフィアはロイドたちを睨みつける。

「お兄さんもお姉さんも嫌いよ！　パパとママをいじめて、わたしと引き離すなんて！　ゆるせない……ぜったいにゆるせないわ!!」

刹那、彼女の身からマナが迸った。それは高く天井まで届くほどに立ち昇っていく。

咄嗟にロイドは止めようとしたが、イヴに腕を摑まれた。

「待て。貴様の力を使えば彼女まで巻き込んでしまう！」

「任務の為だ」

「彼女は自分の両親を守りたいだけだ、罪のない子どもを殺すつもりか!?　それは許容できんぞ!!」

今まで見たことのない形相《ぎょうそう》で鋭い眼差しを送ってくるイヴに、ロイドは眉を顰める。

「どうした。彼女はお前と何の関係も無い他人だろう」

「それがどうした！　理屈など知ったことか。我は見過ごせん！　貴様こそなんとも思わないのか。彼女は、ソフィアは貴様と同じだ。親を亡くし何も分からないままここに連れてこられた。どんな存在であれ、彼女はそこにいる者どもと離れれば再び何も無くなってしまうのだ！」

「……それは……」

——そこで、初めて。

ロイドの中で、何かが、わずかに、揺れ動いた。

目の前にいるソフィアを見つめる。幼く、傷つきながらも、マードたちを渾身《こんしん》の力で守ろうとする彼女のことを。

自分にとって勇者の力がそうであるように。ソフィアにとって義理の両親が全てなのだ。

それを奪われてしまうことが何を意味するのか。

誰かに応えるため、生きてきたロイドには、理解できた。

「ああああああああああああああああああ！」

迷ううちに、ソフィアは更にマナ量を高めていく。先ほど魔法を使った時よりも明らかに多い。

「待て、ソフィア。それ以上、マナを取り込むな。体に害が及ぶぞ！」

イヴが制止するも、ソフィアは聞く耳を持たない。更に、更にと求めるようにマナを吸収していく。

個々によって違いはあるものの、何らかの方法によってマナ蓄積量の限界を超えてしまった場合、マナは体に悪影響を及ぼす。

薬も過ぎれば毒になるように、最初は激しい痛みが生じ、次いで脳が押し潰されるような感覚に支配され、最終的には体そのものが崩壊を始める。

「あああああああああああああ痛い痛い痛い痛い痛い痛い痛いああああああああああああああああああああ痛いいいいいいいいいいいいい！」

ソフィアが目を剝いて絶叫し、彼女の肌にどす黒い血管が浮かび上がった。過剰供給されるマナに対する体の拒絶反応だ。

「あああああああああああああああああああああああいやあああああああああああああああああああああああああああああああああああぁぁぁ‼」

ソフィアの双眸《そうぼう》から、鼻孔から、口から、血が溢れて流れ落ちていく。既に脳にまで侵食が及んでいた。これ以上やれば取り返しがつかなくなるのは明らかだ。

「よせ、やめろ！　貴様のような幼い体でそのようなこと──っああ！」

イヴが駆け寄りソフィアの体を掴むが、反射的に放たれたマナによる衝撃波に吹き飛ばされた。皇帝竜《エンペラードラゴン》ですら容易に撥《は》ね除《の》けてしまうほど、今の彼女が身に溜《た》め込《こ》んだマナは強力になっているのだろう。

「い……いいぞ、ソフィア！　ああ、いいぞ！　その調子だ！」

「こいつらを消してしまうのよ！　もっと！　もっとマナを集めて！」

そんな彼女を、マードたちが満面の笑みを浮かべて応援する。目の前で全身から血を流し、尋常ならざる声と顔をさらし続ける娘を前にして。

「……お前たち、この子の親なんだろう。このままにしておいていいのか」

ロイドが思わず尋ねると、マードが高笑いを上げた。

「お前には理解できないのか、ソフィアの親を想う気持ちが！　こんなにも強く愛してくれている我が子を尊重しない親がどこにいる！」

「そうよ！　ああ、わたしの愛しいソフィア！　あなたがいてくれたからこそ、わたしたちは生きていられるのよ！」

「ぱ……パパ……ママ……」

正気を失いかけながらも、ソフィアは血の混じった紅《あか》い涙を流しながら、微笑んだ。

「……だいすき……」

やがて集結したマナが、魔法という名の絶望的な力を顕現させる。

それは極大の、しかし極限まで絞り込まれた、雷の槍《やり》だった。

さながら、神の使う祝福された武器のように。

「おお……見事だ……見事だぞ、ソフィア！　どうだ！　さしものお前とて、この魔法を相殺することはできまい！」

マードは高笑いと共に、ロイドに指先を突きつけてきた。

「ならば吸収するか!?　それも不可能だろうな。先程、ソフィアが生み出した魔法の群れを打ち砕いたのがその証拠だ。お前が取り込めるのはせいぜいが、最初にこの子が使った魔法程度。だが今のこれは、それより遥《はる》かに大量のマナが込められている！」

「……随分と饒舌《じょうぜつ》だな。お前の手柄でもないだろうに」

ロイドの指摘にもマードは気にする素振りもない。

「ほざけ！　さぁ、やりなさい、ソフィア。この者たちに、神にも等しいお前の力を見せつけるんだ！」

「……はい……パパ……」

意識も朦朧《もうろう》としているのだろう。ソフィアは虚ろな声を出したまま、片手を上げる。

雷の槍が鼓膜を破らんばかりの激しい音を奏でながら、その方向をロイドたちへと定めた。凝縮された黄金たる殺意の先鋭が、真《ま》っ直《す》ぐに狙いをつけてくる。

そして。

「ぱぱ……まま……」

ソフィアの、呟きと共に。

その魔法は――放たれ。

「何度も言わせるな。無駄だ」

なかった。

鼓膜を打ち破るような強い音と共に魔法は弾《はじ》け飛んで、跡形もなく消え去る。

空中に散ったマナの全てが、ロイドに引き寄せられていった。

「……え……」

「……は……？」

「……なに？」

ソフィアは崩れ落ち、マードたちは愕然となった。

なにが起こったかまるで分からない、そんな顔で。

が、ロイドがやったのは、単純なことだった。

最初にやったことと同じ。手を翳して――マナを分解し、己の中に取り込んだのだ。

「きゅ、吸収⁉　あ、ありえない。そんなこと、ありえるわけがないわ！」

「そ、そうだ！　現に二度目の魔法にはしなかったじゃないか⁉」

エイダとマードが狼狽《うろた》えるのに、ロイドは静かに答えた。

「何か勘違いしているようだが。さっきはやれなかったんじゃない。やらなかっただけだ」

「やらなかった……？」

「オレは無尽蔵に、瞬間的に、マナを取り込める。それは空中に漂うものであろうと、個人が集めて生み出した物だろうと同じことだ。が――」

腹を摩《さす》りながら、ロイドは続ける。

「これだけの量を一気に取り込むと、さすがに体に影響が出て三十分ほどは胃が悪くなるんでな。あまりやりたくなかっただけだ」

その言葉に、エイダとマードは呆然となったままで立ち尽くした。

「い、胃が悪くなるだけ？　マナを無尽蔵に、瞬間的に？　そんなことができる奴が……」

「そんなの……人間じゃないわ……」

ぶつぶつと呟く彼らは、完全に自らを見失っているようだ。

だが、彼らが冷静さを取り戻すまで待つ義理はない。ロイドは首を傾げて問うた。

「さて――。愛する娘はもう戦えないようだが、まだやるか？」

すると、マードたちは頬を平手で叩かれたかのように目を見開いた。自分たちが置かれた状況を思い出したのだろう。

「ソ……ソフィア!!　頼む！　戦ってくれ！　ソフィア!!」

「お願いよ！　もうあなたしかいないの！　立ち上がって！　ソフィア！」

二人揃って、倒れるソフィアに縋りつくも、彼女には応える余裕がない。絶え絶えになった息を、ただ吸っては吐いているだけだ。

「いい加減にしろ。貴様らはもう終わりだ。見苦しいぞ」

ロイドの隣に戻ってきたイヴが睨み付けると、二人は引きつったような声を上げて下がった。だが、

「や……やめて……パパと……ママを……いじめ、ないで……」

ソフィアが消え入りそうな声で呟く。弱々しい手を持ち上げて、ロイドたちに伸ばしてきた。その表情には、自らを犠牲にしてでも大事なものを守ろうとする、縋りつくような必死さがあった。

「そこまで……そこまで、義理の親が大事か」

やりきれない顔で、イヴが奥歯を噛み締める。

（……親を亡くせば何もなくなる、か）

ロイドはイヴの言葉を思い出し、逡巡《しゅんじゅん》した。

が、やがてマードたちを前にして言い放つ。

「交換条件だ」

「……え？」

「今、この娘をオレたちに差し出せば、お前たち二人だけは見逃してやる」

「おい、ロイド。どういうつもりだ⁉」

イヴに肩を掴まれるが、ロイドは構わずに続けた。

「この娘には利用価値がある。その一方で、既に組織は壊滅状態。お前たち二人に関しては、もはや、放置していても問題はないだろう。故にこのまま無駄に逆らわれて労力を払うよりは、そうした方がいいということだ。どうだ。娘を差し出すか？」

「そ、それは……」

マードたちが目を逸らすと、ソフィアは強く拒絶するようにして、首を横に振った。

「嫌……嫌よ……。パパやママと離れるなんて……」

自らの義理の両親を見上げ、悲愴感《ひそうかん》の溢れた眼差しを送る。

「ねえ、パパもママも、嫌よね？　わたしとはなれればなれになってしまうなんて、嫌に決まっているわよね……？」

そうね。当たり前よ。

ああ。ソフィアと離されるなんて、絶対に御免だ。

そんな答えを期待しているかのような、ソフィアのか細い問いに、ロイドは息をつく。

「そうだな。まあ、愛する娘を自分たちの為に渡せと言われても戸惑うだろうが――」

「――わ、分かった！　差し出す！　差し出すから私とエイダだけは許してくれ‼」

が、その無慈悲な答えは言い放たれてしまった。

マードは這《は》い蹲《つくば》るようにしてロイドの足元まで来ると、脚を掴んで言う。

「頼む！　この娘が欲しいならくれてやる！　私たちのことは助けてくれ！」

「そ、そうよ！　も、元々、教団の為に育てていただけよ！」

声を嗄らして叫ぶエイダに、ソフィアは大切な物が目の前で砕けてしまったかのような顔を作った。

「ママ……うそ……うそよね……？　そんなの、うそよね……？」

最後の希望とばかりに投げかけたその言葉に。

しかしエイダは、憎悪に満ちた表情で後ろを振り向き、叫び返すだけだった。

「黙りなさい！　嘘なわけがないでしょう！　あなたなんて……あなたなんて、教団の為に嫌々育てていただけよ！　こうなった以上、あなたと関わる意味なんてないわ！」

「そうだ！　少し優しくしてやったらつけあがりやがって！　お前なんて、私たち自身の為に利用していたただの道具なんだよ！　調子に乗るな、クソガキが！」

マードもまたソフィアを罵倒すると、再びロイドを見上げてくる。

「な、なぁ、私たちは可哀想《かわいそう》な人間なんだよ。小さな頃からマナ中毒者として差別されてきて、酷い目にも沢山遭って……」

エイダは夫の言葉に何度も激しく頷き、懇願してきた。

「そ、そう。そうなの。だからお願いよぉ……わたしとマードだけは助けて……」

ロイドは二人から視線を移し、ソフィアの方を見た。

彼女は、目を見開いたまま、あらゆる感情を失くしただ真っ白な顔をさらしている。

「パパ……ママ……？　どうして……どうしてそんなことをいうの……？」

声を震わせながら、それでも細く小さな手を懸命にマードへと伸ばし、弱々しく服を摑んだ。

「わたしたちが、新しい、パパとママよって……ずっと一緒にいてくれるって……」

が、そんな彼女をマードは、怒りに満ちた目で振り払う。

「馬鹿が！　まだ分からないのか！　誰がお前のような薄気味悪いガキを好んで子どもにするか！　全部お前の魔法の為だ！」

「そうよ！　あんたなんか娘でもなんでもないわ！　はじめから気持ち悪かったのよ！」

エイダからも再び悪意のある言葉をぶつけられ、ソフィアの目元から、一筋の涙が流れた。それは後からいくつも溢れ、彼女の横たわる瓦礫を濡《ぬ》らしていく。

「そんな……そんなの……」

ソフィアは泣きじゃくりながら、揺らぐ声で呼んだ。

「ぱぱぁ……ままぁ……」

そうして――彼女は、目を閉じて、何も言わなくなった。

限界を迎えて、気を失ったのだろう。

「ふ、ふん、なにがパパだ。災厄の魔女め。虫唾《むしず》が走る」

「そうよ。マードの言う通りだわ！」

エイダが鼻を鳴らすと、ロイドに笑顔を向けてくる。

「さぁ、言う通りにしたわ。早くわたしたちを――ぶげぇっ！」

が、その表情は、鼻筋にめり込んだ拳によって破壊された。

イヴが振るった打撃により、彼女はそのまま紙屑のように吹き飛んで壁に背中を打ち付け、気絶する。

「な、なにをする。話が違う……ごぶげっ！」

責めようとしたマードもまた、同じようにイヴから顔面に一撃を喰らった。床を転がりながら長い距離を後退し、そのまま沈黙する。

「……外道が」

憤怒《ふんぬ》に表情を歪《ゆが》めたイヴは、手を払って、息をついた。

「殺したのか」

「いや、最小限に力は抑えた。命までは失っていないだろう。恐らくは、だがな」

次いで彼女は、ロイドの方を向いて訊いてくる。

「しかし、なぜあんなことを言った？　あのままでもマードたちを国王に引き渡すことはできただろう」

ロイドは、倒れたままのソフィアに近づいていくと、彼女を抱き上げる。

「……少し、考えがあってな」

そうして――不思議そうにしているイヴを前にして、ただ、それだけを答えた。

【贖いの杖】は教祖や幹部を始めとした信者の大多数が、国王に引き渡された。

まだ残党が各地に居るものの、これによって事実上の壊滅になったと言っていいだろう。

災厄の魔女という最大の力を失った彼らにはもはや、再び立ち上がるだけの力は残されていない。後処理は諸々《もろもろ》あるようだが、そこからは国の仕事だ。

任務を終えたロイドは、イヴと共に屋敷《やしき》に帰った。

そして、二日ほどが過ぎた頃。

「……起きたようだな」

イヴによって用意された、猪《いのしし》の丸焼きを朝食に食べていたロイドは、扉を開けて現れた少女を見て言った。

彼女――ソフィアは、まだ状況が理解できていないようできょとんとしている。

「ここは、どこかしら……？」

「オレの屋敷だ。お前はずっと眠っていたんだよ」

「幸い、マナの過剰摂取による中毒症状は後遺症もなく消えた。今の貴様は至って健康体だ」

隣に腰かけていたイヴが話しかけると、ソフィアは小首を傾げたままで近づいてきた。

「マードとエイダ……お前の義父母は、信者共々ディルグランドの騎士団に引き渡された。今後は裁判を経て刑が執行されるだろうが、あまり良い結果は迎えないだろう」

ロイドがソフィアに、彼女が気を失った後のことを説明していると、イヴに袖を引かれた。

「おい、そのような直接的な物言いをしなくてもいいだろう。ソフィアを傷つけないよう、もう少し表現を和《やわ》らげるか、遠回しな伝え方があったはずだ」

「そんな器用な真似《まね》、オレにはできない。それに婉曲《えんきょく》だろうがなんだろうが、最終的に行き着くところが同じなら下手に誤魔化すよりはっきり言った方がいい」

「しかしもう少し相手の気持ちをだな……」

「いいの、お兄さん、お姉さん」

尚もロイドを責めようとしたイヴだったが、ソフィアにやんわりと止められた。

「むずかしいところは分からなかったけれど、パパとママは、もういないっていうことね。……ううん。パパとママは、そうじゃなかった。わたしがそう思っていただけで、パパとママは、わたしのこと、自分の子どもだって思ってなかった。そうよね？」

ソフィアは服の裾《すそ》を強く掴み、何かを堪《こら》えるような表情で、ロイドたちを見つめてくる。

「いや、あー、それは……一概にそうとも言えないというか……」

困ったように頬を掻くイヴは、助けを求めるようにロイドを見てきた。

その要求に応えるべくロイドは口を開く。

「ああ、そうだ。あいつらはお前を利用していたに過ぎない。都合よく使える道具、といったところだろう」

「おい!!　いくらなんでも気を遣わなすぎだろう⁉」

「オレに器用な真似はできないと言ったはずだが」

「それでも他に言いようが……ああ、しかし貴様に頼った我も悪い。そう我が悪いのだこの場合は……」

頭を抱えて苦悩しているイヴを他所《よそ》に、ソフィアは無理やり笑った。

「そう。そうね。あの人たちは、わたしの魔法が欲しかっただけ。わたしなんて、どうでもよかったのね」

俯き、しばらく沈黙していたソフィアは、やがてぽつりと呟いた。

「……本当は、わかっていたの。でも、そう思いたくなかった」

鼻を啜《すす》り、目元を掌で拭《ぬぐ》う。それでも零《こぼ》れた涙が、屋敷の床に落ち、薄黒く染めた。

「わたし、本当のパパやママが死んじゃって、とてもさみしくて。だから、あの人たちがパパやママだと思っていいって言ってくれた時、とってもうれしかったの。ああ、もう、ひとりじゃないんだって。だれも相手にしてくれなくて、くらいところでひとりぼっちで

「……寝て……そんなこと……もうしなくていいんだって」

　その場に蹲ると、ソフィアは、しゃくり上げ始めた。後から後から流れてくる涙を、手の甲で拭い続ける。

　血の繋がった両親が亡くなった後、教団に拾われるまで、彼女がどう生きてきたのかは分からない。だが今の様子だと、あまり恵まれた状態ではなかったのだろう。

　頼る者のいない、寄る辺のない環境で、誰かを求めて歩き続けていたのかもしれない。

「……これから、どうする？」

　少し落ち着いたところで、ロイドはソフィアに尋ねた。

　彼女は泣きはらした赤い目で見上げてくるが、そのまま黙り込む。

「……その。貴様が良いのであれば、だが。この家に住まないか？」

　迷う素振りを見せるソフィアを気遣うようにして、イヴが声をかけた。

「このおうちに……？　わたしが……？　そんなことをしても、いいの？」

　考えもしなかった、という顔をするソフィアに、イヴは笑みを浮かべて頷く。

「ああ。広い屋敷だ。貴様の住む部屋はいくらでもある。……ロイド、構わないか？　彼女の面倒は全て我が見る」

　伺いを立ててくるイヴに、ロイドは少し考えて――首を横に振った。

「ダメだ」

ほのかな希望を抱いていた様子のソフィアが、再び苦痛を堪えるように顔を歪める。

「なぜだ。いや、確かにこの屋敷は貴様のものだ。貴様が拒否するのであれば我が強制することはできないが……しかし、行くところのないこやつをせめて、置いてやることくらいはいいだろう。先程も言ったが貴様に迷惑はかけないから……」

焦るように説得してくるイヴに、それでも尚、ロイドは頑《かたく》なな態度のままで答えた。

「ダメだ」

「ロイド……！」

「いくら言ってもダメだ。イヴが、全てを負う必要はない」

「……え？」

今にも摑みかかってきそうな勢いであったイヴは、しかし、ロイドの続く言葉にきょとんとした表情を浮かべた。

「ソフィアがここに住むというのなら、負担は分け合うのが道理だろう」

「……なに？　ソフィアがこの屋敷で暮らしてもいい、ということか？」

ロイドは猪の肉塊を手に取ると、噛《かぶ》り付いた。

歯で肉を千切り、咀嚼《そしゃく》して飲み込んだ後で、イヴに答える。

「構わない。行くところがないのならここに住め。オレがお前を引き取る」

「お兄さん……本当にいいの？」

期待と不安がない交ぜになった様子を見せるソフィアに、ロイドは頷いた。

すると彼女は、花が咲いたかのような笑みを浮かべる。

「ありがとう……本当にありがとう、お兄さん、お姉さん！」

一方、イヴはやや戸惑ったようロイドに訊いてきた。

「願った我が言うのもなんだが、本当にいいのか？　我一人でソフィアを見るというのならともかく、幼子の面倒を見るというのは何かと大変なことでもある。それを知って尚、貴様が見ず知らずの他人を引き取るとは」

「……オレはソフィアから大事なものを奪った。彼女が唯一、生きる縁《よすが》としていたものを。だからその責任をとる」

ロイドの答えに、イヴは「……そういうことか」と納得を見せる。

「存外と律儀なのだな、貴様は。だが、ディルグランド王に対してはどうするのだ？　奴らは災厄の魔女が生きているのであれば、引き取りたいと言うだろう」

「ああ。だからソフィアは死んだと伝えた」

あっさり伝えると、イヴは面食らったように言った。

「し、死んだ？　しかしそんなこと……すぐにバレるのではないか」

「だろうな。オレには監視役がついているようだ。急に子どもが屋敷で暮らし始めればすぐに王へ報告されるだろう」

「であれば」

「だとしても関係ない」

ロイドは、きっぱりと断言した。

「どう言われようとオレが死んだと貫き通せば、王は何もできない。――無理矢理に何かしようとした時に後悔することを知っているからな」

「……。貴様、大胆だな」

呆れたように、しかし、どこか感心したようにイヴは苦笑した。

「ふむ……まあ、一通りは承知した。我からも礼を言おう。しかし責任をとる、となると、我らはソフィアを養子にするということになるな」

「……。そうなるのか」

考えもしなかったが、言われてみればその通りだ。

ソフィアから両親を取り上げた穴埋めをするのであれば、自分が代わりにその立場になる必要があった。

「ふむ。ソフィア、オレがお前の……ああ、パパ、か。それになる。不満か？」

「……お兄さんが、わたしのパパになるの？」

「そ、そうなると、我はママになる、ということか」

頬を赤らめながら、イヴは自分で確認するように頷いた。

「お姉さんが、ママ？」

「ああ。我はこの男の妻だからな。自然とそうなる」

「……パパと……ママ……」

ソフィアは顔を伏せると、躊躇うようにして小さく呼んだ。

「もちろん、いきなり言われても受け入れ難いだろう。両親を取られた相手をそう呼ぶのに拒否感があるということも考えられる。嫌ならお前が独り立ちするまでの間、ただこの屋敷に住むだけでもいいが」

ロイドの言葉を受けて、ソフィアは掌を握りしめる。

未《いま》だ自らの中に生まれた葛藤に苦しむように。

「……無理もないか。彼女は義理の両親を失ったばかりだ。仮に我らを親と認めたとして、また失うのではないかと恐れているのだろう」

イヴが言ってソフィアに対し憐憫《れんびん》の眼差しを送るのに、そういうことか、とロイドは頷いた。

やがて、ソフィアはおずおずといった様子で、問うてくる。

「お兄さん……お兄さんがパパになるなら、わたしとずっと一緒にいてくれる？　前のパパみたいにいなくなったり、わたしを、いらないって、言ったりしない？」

怯えるようなその口調に、ロイドはあくまでも事実のみを告げた。

「オレも人間だ。死ぬことはある。だがいらないとは言わないだろう。お前が求める限り、オレは、お前の父親で居る」

「……お姉さんも？」

「うむ。もちろんだ。貴様が望むなら、の話だが」

ソフィアは再び、黙り込んだ。

今度の静寂は、ロイドが思う以上に、長い。

だが――やがて彼女は、ゆっくりと歩き始めた。

それほどでもない距離を、慎重に踏み締めるように。

不安と、恐れと、しかし、少しの希望と。

様々な感情が混ざり合ったような表情で、近づいてくる。

そうして――ソフィアはロイドの前で立ち止まった。

ふわり、と倒れてくると、ロイドの胸に顔を埋《うず》め、強く抱きしめてくる。

間もなく、大声を上げると、彼女は泣き始めた。

悲しみなのか歓喜故なのか。ソフィア自身にすら判断がついていないように、激しく。

歳相応《としそうおう》の女の子らしく――無防備に、ただ、涙を流し続けた。


「くそ、くそ、くそくそくそくそ!!」

ディルグランド王は何度も玉座の肘掛《ひじか》けを叩いた。

強く激しく、それこそ壊れてしまうほどに。

「災厄の魔女は死んだだと⁉　嘘ばかりつきおって！　どういうつもりだあの男は！」

「ど、どうか気をお鎮め下さい、王よ。目的は分かりませんが、あの男がそう主張する以上、こちらは手を出せないかと……」

「分かっている、そんなことは‼」

もし強引な手を使って災厄の魔女たる子どもを奪取しようとしても、ロイドが反抗すれば誰も敵《かな》わない。たとえディルグランド国お抱えの騎士団を差し向けたところで、下手をすれば――いや、確実に全滅するだろう。

「……おのれロイド……！　ワシの思惑に従わぬどころか、牙を剝いてくるとはな。見ているがいい。絶対に身の程を思い知らせてやるわ！」

広々とした謁見《えっけん》の間に、王の全身から絞り出した声が響き渡っていった。

# 第三章　禁断の血統

自分が不要な存在であると考えたことは、何度もあった。

しかし一度でも認めてしまえばそれは、延々と頭の中にこびりついて離れなくなるだろう。

役立たず。無能。足手まとい。忌み子。呪いの血。

全ては己を縛り付ける鎖となり二度と放してくれはしまい。

だから見ない振りをしていた。思考の海に浮上してきそうになる度、無理やりに重しをかけて沈めていた。

気のせいだ。思い過ごしだ。被害妄想だ。

そう思って消してきた。

だって皆、自分のことを支持してくれる。優しくしてくれる。笑顔を向けてくれる。

だから大丈夫なんだ。

たとえ無能でも。役立たずでも足手まといでも。

皆、そんなこととは関係なく、尊重してくれる。

そう——思っていた。

「おい……見つけたか⁉」

じめついた空気の漂う路地裏。苔《こけ》むして崩れかけた壁に背中をつけて、表通りの様子を探る。

「いや、いない。逃げ足だけは速いようだ」

「どんな奴《やつ》にも取り柄はあるってことか」

話し合う者たちの顔には笑みが浮かんでいる。だがそれはかつて自分に見せていたような、慈愛に溢《あふ》れたものではない。

嘲弄し見下すような、そんな、悪意に満ちた歪《ゆが》み――。

「とにかくもう一度、探してみるぞ。くれぐれも奴らには見つかるな」

「分かっている。……ったく。無能の癖に手間をかけさせてくれる」

彼らは互いに行くべき方向を決めて、離れた。

それでも念のために息を潜め、ある程度の時間が経《た》つのを待って。

「……ふぅ」

ようやく胸を撫《な》で下《お》ろした。どうやら発見されずに済んだようだ。

しかし、これからどうすれば良いのだろうか。見当もつかない。

このまま逃げ続ける人生を送ることができるのだろうか。

いっそのこと何もかも諦めてしまった方が楽なのではないか。

そんなことを思ってしまい――だが、肩にずしりと食い込む重みにはたと我に返る。

それはまるで魂を宿し呼びかけてくるように。忘れてくれるなと、そう、背中から訴えかけていた。

「ええ……大丈夫ですわ、お父様」

荷物を背負い直し、決意を新たにする。

弱い心に負けてはならない。なぜなら自分は偉大なる者の血を引くただ一人の存在なのだから。

「必ず。必ず生き延びてみせますわ……！」

力強く頷《うなず》くと、様子を窺《うかが》い、路地裏から出た。

「……⁉　おい、いたぞ‼」

すぐに見つかってしまうが、構わない。

逃げて、逃げて、逃げ続けて。

その先に何が待っているかなんてわからない。

今はただ――走ることを止めないだけだった。

それはまるで、暗闇《くらやみ》の中で光る微《かす》かな灯火のように。

全てが黒く塗りつぶされてしまった中で、唯一残った記憶だった。

「お兄ちゃん……お兄ちゃん……！」

少年が、何度も自分のことをそう呼んでいる。

彼は泣き腫らした顔で嗚咽《おえつ》を上げながら、必死にしがみついてきた。

「行かないで……お兄ちゃん……！」

少年の気持ちが、痛いほど伝わってくる。

「だいじょうぶ。また会えるから」

だからこそ、彼を安心させるために、そう告げた。

根拠などない。その場を取り繕うだけの嘘《うそ》だ。

それでも、必要だと思った。

たとえ偽りだとしても、今、そう言うべきだと確信していた。

「ほんのちょっと、離れるだけだ。オレたちはまた一緒になれる」

「……ほんとうに？」

そう問うてくる少年の涙を指先で拭《ぬぐ》い、深く頷いた。

「ああ。だから、そのときまでに、強くなるんだぞ。もう、こんな風に泣かないように」

口元を緩めて、彼の頭を優しく撫でる。

「オレは、お前が笑っているほうが好きなんだから」

「……うん。わかった」

未《ま》だその顔に悲しみは溢れていたが、それでも少年はやがて、にこりと笑う。

全てを抑えこみ、兄へと気丈に振る舞うように。

「ぼく、がんばるよ。だから、お兄ちゃん」

「ああ、約束だ。……きっと、また会おう」

少年が差し出した指先に、自らのそれを絡めた。

そうして二人で言い続ける。

また会える。きっと一緒になれる。

弟と、兄である自分は、誰かに叱られるまで、同じ言葉を繰り返した。

ただそれだけが、自分たちを繋《つな》ぎ止《と》めてくれる絆《きずな》だと。

そう——心から、信じて。


目が覚めた時、思い出は泡沫《ほうまつ》のようにして儚《はかな》く消えていった。

（……夢、か）

珍しいこともあるものだ。ロイドはベッドに横たわりながら、そう思った。

かつては何度も同じ内容のものを見ていた気もする。だが、いつの間にか眠りは追憶ではなく、単なる意識の喪失と成り果てていた。

部屋の窓から差し込む陽光は柔らかく、世界は朝を迎えている。

（さて。起きるか）

いつものように体を起こそうとしたロイドだったが、その時、異常なほどの体の重さを感じた。

体調不良かと一瞬疑うも、すぐに違うと判明する。

右には静かな寝息を立てる幼い少女が。

左には口から涎《よだれ》を垂らして惰眠を貪る年頃の女性が。

揃《そろ》ってロイドにしがみ付いていた。

「おい。起きろ。朝だぞ」

声をかけると、少女――ソフィアはむずかるように顔をしかめた。

しかし彼女はやがて、薄《うっす》らと目を開けて、ロイドを見つめる。

「あ……お兄さん」

「……むう。もう陽が昇ったか。さっき寝たばかりのような気もするが」

左に居た女性、イヴもまた目を覚まして欠伸《あくび》を漏らした。

「ソフィア、またオレの隣で寝ていたのか」

これで何度目になるだろうか、と思いながらロイドが言うと、イヴもまたそれに続いた。

「ふうむ。貴様専用の寝室は、用意してあるだろうに」

するとソフィアは、申し訳なさそうな顔をする。

「ごめんなさい。夜になって部屋がまっくらになると、とても不安で、さみしくなって。がまんしようと思ったのだけど、やっぱりダメだったわ」

「……まあ、オレとしては別に問題ないが」

シュンとした様子を見せるソフィアに、ロイドは言った。彼女の抱えた事情が事情だ。孤独ということを異常なほど恐れているのだろう。

「ありがとう、お兄さん。おわびにわたし、また朝ごはんを作るわ」

深々と頭を下げると、ソフィアはいそいそとベッドを降り、そのまま寝室を出ていった。

「……ソフィアと暮らし始めてそろそろ二週間か。この屋敷《やしき》の生活には幾らか慣れたようだが、まだどこかぎこちない気はするな」

イヴが悩ましいというように腕を組んだ。

「その証拠に、未だ彼女は我とロイドを『お兄さん』、『お姉さん』と呼ぶ」

「両親と認めるのには、まだ抵抗があるということか」

最初の頃こそ、マードたちを失った悲しみから立ち直れず暗い顔を見せることも多かったソフィアだが、近頃はようやく笑顔も見せるようになってきた。

しかしそれでも、後一歩、踏み込むことができないのかもしれない。

それも仕方のないことかもしれないが——とロイドが思っていると、

「さて、娘をあまり待たせてもいけない。我らも行こう、ロイド」

イヴはベッドを降りると、足取りも軽く部屋を出ていく。

「ソフィア、我も食事を作るぞ！　母とどちらが美味《うま》いか勝負しようではないか！」

楽しげに声を上げるイヴに、ロイドもまた続いた。

部屋を出ると、廊下を歩きながら、考える。

（家族、か……）

奇妙な感慨を覚えていた。

まさか自分が妻と子を持つようになるとは思っていなかったのだ。

それが気づけば、当たり前のように一つ屋根の下で暮らしている。

成り行き上とは言え、不思議な気分だった。

（久し振りにあの夢を見たのも、傍《そば》に彼女たちが居たからかもしれないな）

イヴたちといると、不意に、懐かしさのようなものを覚える時があるからだ。

その正体が何なのかは、今のところ、見当もつかないが――。

奇妙なほどの落ち着きをもたらしてくれるように、感じていた。

自らを慕い、共に暮らそうとする者たちがいる。ただそれだけのことなのに。

（……そういえば。殲滅《せんめつ》者計画へ、家族の為《ため》に参加していた奴らがいたな）

成功者へ支払われる多額の報酬金があれば、妻や子に楽をさせてやることができる。そのためならば、危険を冒しても構わない、と。

そんな風に話していたことを覚えている。

彼らもまた、今、自分が味わっているような感覚を持っていたのだろうか。

それを維持するべく、命を懸けていたのだろうか。

(あいつも……そう、だったんだろうか)

不意に脳裏を過《よぎ》る顔に、ロイドは息をつく。

(思えば、あの時のオレは少なくとも、今よりはあの場に居た者たちに近かった。仮に、あいつと違う形で会うことができていれば……)

が、そこまで思ったところで、自らの考えを止めた。

もしも、を考えればキリはない。なにをどうしようとも、過去は変えることができず、現在はその結果として在るものだ。

全ては終わったもの。想《おも》いを馳《は》せたところで無駄でしかない。

(……まあ、そうだな)

階段を下り切ったところで気持ちを切り替え、ロイドは食堂へと入った。

「お兄さん、できたわ。席について」

台所から現れたソフィアが、呼びかけてくる。

ロイドは頷き、食堂の長いテーブルに備え付けた椅子《いす》へと腰かけた。

間もなくソフィアが台所から運んできたのは、半熟に焼いた目玉焼きに野菜を添えたものだった。盆の上には他に焼いたパンも載っている。

「さぁ、喰《く》うぞ！」

イヴもまた、いつも通り巨大な熊の丸焼きをぶつ切りにしたものを持ってきた。

双方が食事をテーブルに載せると、イヴの時だけ、どんっと激しい音が鳴った。

「え、えっと……お姉さん、またそんなのもってきたの？　それ、どうやって食べるのかしら？」

ロイドの向かいに腰かけたソフィアがきょとんとするのに、イヴは腕を組む。

「決まっておるだろう。かじりつくのだ」

「でも、毛がいっぱいついているわ。それじゃ、食べる時に邪魔になるはずよ」

「その手間のかかるところが大人の味なのだ。それより、前にも言ったが、貴様のようにちんまりとした飯では腹の足しにはならんぞ」

「普通の人にはこれで十分よ。ねえ、お兄さん」

ソフィアに呼びかけられ、ロイドは置かれたフォークを手に取って目玉焼きに突き刺した。とろりと流れる黄身が皿へ落ちる前に口に運んで、豪快に丸ごと食べる。

次いで熊の丸焼きを手に取り、毛を気にせずに齧《かぶ》りついた。

歯で骨を砕きながら味わうと、歯にじゃりじゃりと毛がまとわりついてくる。

「…………」

「どっちがおいしい？　お兄さん」

「決まっているだろう。我の方だ」

「まあ。お姉さんはとっても自信があるのね。わたしは、目玉焼きの方がおいしいと思うけれど……」

遠慮がちに、しかし確信を得た目で見てくるソフィア。

ふんぞり返って、間違いなしと言わんばかりのイヴ。

二人を前にロイドは言った。

「どっちも美味い」

「ええ⁉　お兄さん、お姉さんのために嘘を言わないでもいいのよ！」

「ロ、ロイドは嘘などつかん！　なあ、そうだろう⁉」

口の中のものを咀嚼《そしゃく》して、呑《の》み込《こ》んだ後で、ロイドは頷く。

「ああ。別に味の好みはないからどっちも食える」

「………………」

「お姉さん、あの、どうだ見たかって顔をしても。今のは褒めていないとわたしは思うわ」

眉根を寄せてため息をつくソフィアに、イヴは「ええ⁉　そうなのか⁉」と本気で衝撃を受けていた。

その後も食事を続け、ソフィアが口直しの茶を淹《い》れたところで、ようやく場は落ち着きを見せる。

「しかしソフィアは、手先が器用だな。その歳《とし》で料理やお茶を淹れることができるとは」

熱い茶を冷ましながらイヴが言うと、ソフィアは「ありがとう」と微笑《ほほえ》んだ。

「最初のパパやママが、まだ生きていた頃ね。よく一緒に料理をしたの。上手《うま》く作ると褒めてくれて……あの頃は、楽しかったな……」

が、すぐに沈痛な面持《おもも》ちで顔を伏せてしまう彼女に、イヴは慌てた。

「い、いや、別に昔を思い出させるつもりは……すまない。そ、そうだ。それよりも、ソフィアもこの家に慣れてきたし、せっかく家族が増えたのだ。ロイド、街へ買い物に行かないか？」

話の矛先を無理やり変えるような提案に、ロイドは首を傾《かし》げる。

「買い物？　なんの」

「ソフィアの服を新しく購入した方がいいだろう。とりあえずの間に合わせで何着か、近くの村に来た行商人から買って与えたが、これから共に暮らすのであれば本格的にそろえた方がいい。それに部屋の家具も今のままでは殺風景だしな」

「まあ。いいのかしら。そんなことをしてもらって……」

頬に両手を当てて戸惑《とまど》うソフィアに、イヴは顎《あご》を引いた。

「無論だ。貴様は我らの娘。遠慮などする必要はない」

「……そうだな。特に異論はない。お前たちが望むならそうしよう」

ロイドも同意するとソフィアは目を輝かせた。身を乗り出して笑顔を見せる。

「うれしいわ。ありがとう、お兄さん、お姉さん」

そんな彼女の頭を撫で、イヴもまた口元を緩めながら言った。

「うむ。それでは——家族でお出かけすることにしよう」


イアンというその街は、ロイドの屋敷から歩いて二日ほどのところにあった。

しかしドラゴン化したイヴの背中に乗れば、三十分とかからない。

「驚いたわ。お姉さん、すごく大きいのね。カッコいいわ。素敵だわ！」

道中、空中散歩を楽しんだソフィアは興奮気味に腕を振った。

「はっはっは、そうだろう、そうだろう。母の偉業を後世まで称《たた》えるが良《い》い」

まんざらでもなさそうに胸を叩《たた》いたイヴを他所《よそ》に、ロイドは街の入り口で辺りの様子を見回す。

「とりあえずは服か。しかしオレは他人の、それも子どもの服のことなど分からないぞ」

「任せよ。我は元々、人間と共に暮らしておった。その辺りは弁《わきま》えておる」

自信たっぷりに言い放つイヴに連れられて、ロイドたちは近くにあった服屋へと入った。

店内はそれほど広くないが、所狭しと服が飾られている。

「まあ、すごいわ。こんなに沢山の服、見たことないもの！」

高揚した様子のソフィアに、女性店員が近づいてくる。

「いらっしゃいませー。……まあ、可愛《かわい》いお嬢さん！」

ソフィアを見るなり、彼女は口元を緩ませた。口調から世辞をいっている様子はない。

本心から思っての言葉だろう。

「そうだろう、そうだろう。我が自慢の娘だ」

イヴが誇らしげにソフィアの頭を撫でた。彼女はくすぐったそうに肩を竦《すく》める。

「ええ、本当に。……あ、あら、お父様も素敵なお方」

ロイドに視線を移した女性店員が、顔を赤らめる。気のせいか眼差《まなざ》しも熱っぽくなったようだった。

「……店員のお姉さん、どうしたの？　パパの顔になにかついているかしら？」

不思議そうにするソフィアに、女性店員は我に返ったかのように目を瞬《またた》かせる。

「あ、あら。ごめんなさいね。なんでもないわ」

誤魔化すように笑う女性店員に、イヴは改めて、といったようにロイドを見つめた。

「ふむ。貴様の顔は人間の判断で言うと『素敵』なのか。今まで気にしたこともなかったが」

「本気にとらなくてもいい。冗談だろう」

真顔で首を横に振ったロイドに、女性店員は「いえ、冗談じゃないんですけど……」と呟《つぶや》いていたが、すぐに接客業特有の、不自然なまでに愛想の良い顔に切り替えた。

「ところで、今日は何をお探しでしょうか？」

「うむ。この世界一可愛い娘に似合う服をな」

イヴが一片の躊躇《ためら》いも無く言い放ったので、ソフィアは困ったように頬を朱に染める。

「まあまあ。さようですか。承知しました。では当店のおすすめをいくつかお持ち致しますので、しばらくお待ちくださいませ！」

言い残すと女性店員は飛ぶように店の奥へ駆けて行き、すぐに戻ってきた。腕に様々な種類の服を何着も抱えている。

「お嬢様であればなんでもお似合いになるとは思うのですが、まずはその可愛らしさに合わせてこのようなものはいかがかと」

差し出されたのは、所々にフリル飾りのついたワンピースだった。ソフィアが着ればそれこそ精巧に作られた人形のようになりそうだ。

「うむ、悪くない。少し派手だがソフィアは控えめな性格だからな。これくらい思い切った方が良いのかもしれない。ロイドはどう思う？」

「動きにくそうだな。これでは思う通り戦えない」

「いやそういう視点ではなく」

「色が薄いから血がついた時すぐに洗わなければならなくなる」

「そういう物騒な観点からでもなく」

イヴはため息をついて、ロイドの発言に目を白黒とさせている女性店員に、

「この男のことは気にしなくていい。他には？」

「え、ええ。ではこちらの方は如何《いかが》でしょうか。先ほどのとは違い落ち着いた色合いと意匠になっておりまして……」

次いで渡してきた黒を基調としたワンピースは、胸元に大きめな薔薇《ばら》の飾りがあしらわれている。

「この薔薇は何か意味を持つのか」

「え？　意味ですか。そうですね。この服は少々胸元が寂しいのでそれを彩る効果がありまして」

「取り外して投げると敵を仕留められるか」

「仕留められませんが⁉」

女性店員が素っ頓狂な声を上げるのにロイドは首を傾げた。敵も仕留められないのに不必要なまでの大きなものをつけて何になるのだろうか。

「いや本当に貴様は少し黙っておけ。では順番に着ていこうか、ソフィア」

「え、ええ。分かったわ！」

イヴと共にソフィアは試着室へと向かった。後にはロイドと女性店員だけが残される。

「……あの。つかぬところをうかがいますがお客様、ご職業は？」

手持ち無沙汰になったのか、あるいはロイドの言動から素性が気になったのか、彼女は不意に尋ねて来た。

「職業か。元々は城の兵士だった」

「まあ！　なるほど。それで先程のような発想に。ですが中々に物騒な場所なのですね、お城というところは……」

「いや城は基本それほど荒れたところでもない」

「え、そ、そうなのですか？」

「ああ。だがオレは大勢の敵と命のやりとりをしてきたからな。そのせいで何でも戦いに置き換えて考えてしまうんだろう」

「な、なんだか分かりませんが、大変な人生をお送りになってこられたのですね……」

女性店員の目が同情的になったが、ロイドとしては別にどうとも思っていないので、首を傾げて見つめ返すだけだった。

「待たせたな！　どうだこの素晴らしい姿は！」

そこでイヴがソフィアを連れて来た。彼女は最初に女性店員が渡した衣装を身に着けている。

「……な、なんだか恥ずかしいわ。こんな服、着たことがないもの。変じゃないかしら」

スカートの裾《すそ》を摑《つか》み、もじもじと身をよじるソフィア。

「なにを言う。実によく似合っているぞ！　なあ、店員！」

「え、ええ！　とってもお似合いです。こんな素敵なお嬢さん、滅多にいませんわ！」

イヴと店員に褒められてソフィアは顔を赤らめた。

「……お兄さんはどう思うのかしら」

そこで見上げられてロイドは口を開こうとしたが、直前で誰かの視線に気づく。

イヴが、なにかとてつもなく険しい顔で睨《にら》んできていた。

余計なことは言うなよ。

とでもいうような、なにか、強い意思を感じる。

「……似合っていると思う」

よく分からないが別に逆らう理由も無いので、無難なことを答えておいた。

するとソフィアの顔が、見て分かるほどに華やいだ。正解だったようだ。

「さぁ、さぁ、次はこの服だ。その次はこの服。その次はこれだ！」

イヴは興に乗ったかのように、次々と店員の持ってきた服を提示して、ソフィアを試着室へと連れて行った。

ソフィアもまたこのような経験は久し振りか、あるいは初めてだったのだろう。

無邪気にはしゃいでイヴが言うままに、着せ替え人形となっていた。

が——それが続いたのも最初のうちだけだ。

「この服はどうだ⁉　いや、こっちの服か！　いやいや、こっちも捨てがたい。思い切ってこっちはどうだ⁉」

絶え間なく服を差し出してくるイヴの行動は収まるところを知らず、次第にソフィアの顔に疲れが見え始めて来た。

「お姉さん、まだやるのかしら……？」

「なにをいう。貴様に合う究極の服を見つけるにはまだまだ選択の幅を広げなくてはいけない！　これなどはどうだ！」

だが夢中になり過ぎてソフィアの様子が見えていないのか、イヴはそのまま更に服を選び続けた。

「おい、いくらなんでも時間をかけ過ぎだ。そろそろ決めたらどうだ」

かれこれ店に入ってから一時間以上は経っている。見兼ねてロイドが言うと、イヴはようやく、我に返ったような顔になった。

「……それもそうだな。うむ。では、この中から最終的な何着かを選ぶとしよう」

厳選した物を前に、イヴは腕を組んで、大いに唸《うな》り始める。

「時間がかかりそうだな。どこか他で暇をつぶしてきていいか」

問いかけたロイドには答えず、イヴは更に苦悩するように、頭を抱え始める。

勝手に肯定だと踏んで出ていこうとすると、上着の裾を引かれた。

「あのね、お兄さん。わたしも一緒に行きたいわ。いいかしら」

「……構わないが、ここにいなくていいのか？　お前の服だぞ」

「ええ。お姉さんやお兄さんが選んでくれたのなら、わたしはそれだけでいいの」

自然な笑みを浮かべるソフィアにロイドは「そうか」と答えて、

「じゃあ、イヴ。オレとソフィアで近くの店に行っている。決まったらこの店の前で待っていてくれ」

「うむむむむ。……分かった」

気もそぞろながら一応、了承の返事はもらったのでロイドはソフィアと共に店を出た。

大通りにはいくつか店が並んでいる。その内のどこかに入ろうと歩き始めた。

「あ……お兄さん！　あの、その、あのね」

だがソフィアの声に振り返ると、彼女は何か言い難《にく》そうにして、体の前で組んだ手を落ち着きなく動かしていた。

「なんだ。言いたいことがあるなら言えばいい」

「え、ええ。あの……その、手を、ね。……手を、つないでもいい……？」

なんだそんなことか。ロイドは拍子抜けしてソフィアに近づいた。

自らの手を差し出すと、彼女は驚いたように目を丸くして——だがやがて口元を緩め、おずおずと手を伸ばしてくる。

そっと触れてくる手を握りしめ、ロイドは「これでいいか」と尋ねた。

「……ええ。ええ、とってもいいわ！」

ソフィアは何かを確かめるように、ロイドの手をじっと見つめていたが――やがて、満面の笑みでそう答えた。

「オレの手を握ることが、そんなに嬉《うれ》しいのか」

「ええ。とってもうれしいわ。だって、手をつないでいると、お兄さんがここにいるんだって、ちゃんと分かるもの」

はしゃぐようにして、ソフィアは言う。

「お兄さんがわたしの隣にいて、はなれないんだって、そう思えるもの。それが……とっても、うれしいの」

「そういうものか」

「そうなの。そういうものなの」

何度も頷くソフィアの気持ちは、ロイドに理解できるものではなかった。

だが、決して放さないように力を込める彼女の手の感触は、何か大切なものを思い出させてくれる気がする。

以前に感じた懐かしさ同様、はっきりした形をもつものではなかったが――。

「ふふ。誰かと手をつなぐの、ひさしぶり」

やがてソフィアは、ロイドの手を振って足取りも軽く、そう呟く。

「前の両親とはしてなかったのか」

「……ええ。他の子がやっているのを見て、お願いしてみたけど、わたしは『御子様』だったから。神聖なもので、滅多に触れちゃいけないんだって、パパもママも頭を撫でてくれたりもしなかったわ」

先ほどイヴに撫でられた自らの頭を空《あ》いた手で触れながら、ソフィアは悲しそうに零《こぼ》した。

「わたしを生んでくれたパパとママも、すぐに死んじゃったから……本当はずっとこんな風に、手を繋いでほしかったの」

俯《うつむ》いて目を伏せるソフィアに、ロイドは何でもないこととして告げた。

「なら、これからいくらでもすればいい。お前の好きなように応えるさ」

「……本当？」

「ああ。別に大したことでもない」

ロイドの淡々とした答えに、ソフィアはそれでも瞳を輝かせた。

そうして、心から嬉しそうに告げてくる。

「ありがとう――パパ！」

口にした後で、彼女は自分で驚いたように目を丸くした。

「あ……今、わたし……」

「……どうした？」

「う、うん。なんだか、よく分からないけれど、お兄さんがパパだって思って、つい呼んでしまったわ。その、ごめんなさい」

罪悪感を覚えるように俯くソフィア。

なぜそんな態度をとるのだろう、とロイドは考え、ふと気が付いた。

もしかすると――彼女がロイドやイヴをずっと『お兄さん』『お姉さん』と呼んでいたのは、抵抗感があったからではないのかもしれない。

ずっと、自問し続けていたのではないだろうか。

義理の両親の指示があったとは言え、ロイドやイヴを傷つけるような真似《まね》をした自分に、その資格があるのかと。

だからこそ今ソフィアは、まるで禁忌を破ったかのような表情を浮かべているのだろう。

(ならば……)

ロイドは、そうすべきだと判断し、いつもの口調で言った。

「謝る必要はない。お前は娘だと言っただろう。なら、お前自身が呼びたいと思ったのなら、そうすればいい。オレは構わん」

「……お兄さん……」

思ってもみない言葉を投げかけられたというように。

ソフィアはしばし、呆然《ぼうぜん》と立ち尽くしていた。

だがやがて、その目が潤み始める。

「……うん」

そして、
次々と流れる涙を、何度も手で拭い――ソフィアはやがて、深く頷いた。

「分かった。わたし、呼びたいわ」

彼女は頬を少し赤らめ、照れくさそうに、しかし大切なことを紡ぐようにして。

「お兄さんをパパって、お姉さんをママって呼びたい。いいかしら？」

そう、問うてくる。

ロイドは、迷いなく答えた。

「ああ。イヴもきっとそれを望んでいる」

「ありがとう、パパ。……わたしの、パパ！」

愛《いと》しそうに呼んで、ソフィアはロイドの手を握る力を強めた。

微笑《ほほえ》みと共に、彼女は再び、歩き始める。

そのまましばらく二人で街を見ていたが、

「……あ！　ねえ、ねえ、見て、パパ！」

そこでソフィアは何かを見つけてロイドを引っ張りながら走り出した。

付き合って行くと、彼女はある店の前で立ち止まる。店頭に様々なアクセサリー、首飾り、置物などが並んでいた。手作りの工芸品を売るところらしい。

その内の一つ、ウサギの形をした人形を手にとって、ソフィアは目を細めた。

「可愛いわ。これ、とっても可愛いわ！」

「そんなにもか」

ロイドにはいまいち良さが分からない。興味が無い、と言った方がいいかもしれないが。

「ええ。いいなあ。こんなのがおうちにあったら、毎日、ながめるのに……」

うっとりとした眼差しでウサギの人形を眺めるソフィア。しかしそこには、ねだるような雰囲気はない。

まるで自分には手が届くはずもない、遠く彼方《かなた》にあるものを――夜空に煌《きら》めく星々を愛《め》でるかのような、そんな表情をしていた。

「そんなに欲しいなら、買えばいい」

「え⁉ で、でも……わたし、お金がないもの」

「そうか。……分かった」

ロイドは言って、ソフィアが持っていたウサギの人形を指先で摘まんだ。

そのまま店内へと入り、奥へと向かう。

「パパ？　どうしたの？」

後ろをちょこちょことついてくるソフィアが不思議そうに尋ねてくるのに構わず、ロイドはカウンターに座っていた老人に人形を差し出した。

「これをもらおう」

ポケットから財布を出し、値段分の銅貨を払う。

「おお、ありがとうございます」

店主は顔を綻ばせて、人形を持つと、傍らから取り出した紙袋に入れた。

「まあ……パパ、だめよ！　買ってくれるなんて！」

「どうしてだ。欲しいんだろう」

「そ、そうだけど……でも、お金を出してもらうなんて。わたし、そんなつもりは」

戸惑うように目を伏せるソフィア。まるで自分がひどい罪を犯したかのような態度だ。

恐らく彼女は、甘える、という経験が少ないままここまで育ったのだろう。

だから、誰かに無条件でなにかをしてもらう、ということに対しての慣れがないのだ。

「気にするな。別にこの程度は問題ない」

「で、でも……服は必要だけど、これはなくても大丈夫だもの……」

二人のやりとりを、店主はどうしたものかといったように交互に見ている。

「……お前はオレの娘なんだろう。親は子が何かを欲しがった時、経済的に困窮してなければ、許される範囲でそれを買い与える。そう認識している」

ロイドに覚えはないが、そうして玩具やお菓子を買ってもらっている子どもの姿を何度も見かけたことがあった。

責任をもって親になることを決めた以上、そういった義務も遂行しなければならない。

「パパ……だ、だけど、やっぱり、こんなこと」

迷うような素振りを見せるソフィアに、ロイドは眉を顰《ひそ》める。

出会った頃に比べるとロイドたちに馴染《なじ》んだものの、やはり、まだどこか遠慮があるのだろう。

「……。なら、交換条件だ」

「え?」

ロイドはいつか見た光景で、親が、子どもに言っていたことを真似た。

「人形を買う代わりに、お手伝いをしろ。できるか」

すると、ソフィアはきょとんとした後で——ようやく、笑みを浮かべた。

「え、ええ！ するわ！ わたし、パパのお手伝いする！ がんばるわ！」

「そうか。なら、買ってやろう」

ロイドは、ほっとした様子の店主から人形の入った紙袋を受け取り、それをそのままソフィアに渡した。

彼女は紙袋の中身を覗《のぞ》き込《こ》みながら、まるで王から宝を下賜《かし》された民のようにして、その目を感激に潤ませる。

「いやぁ、今時、珍しいほどに育ちの良いお嬢ちゃんだ。おまけにこれもあげよう」

そこで店主は、カウンターの下から何かを取り出した。

クローバーを象《かたど》った首飾りだ。四つの葉がついている。

「これは幸運を象徴する物でね。身に着けていると、よいことがあるんだよ」

店主がカウンターから身を乗り出して首飾りを手渡してくるのに、ソフィアはおずおずとそれを受け取った。

「いいのかしら。こんなことまでしてもらって」

「いいんだよ。子どもは遠慮するものじゃない」

破顔する店主にソフィアは深く頭を下げた。

「ありがとう、おじさま。大事にするわ！」

その後、ロイドとソフィアは店主にもう一度礼を言って、店を後にする。

「良かったな。二つも手に入れて」

「ええ！　……パパ、しゃがんでくれるかしら？」

突然の申し出に、ロイドは首を傾げながらも言われた通り、その場にしゃがみこんだ。

「はい。パパに贈り物」

するとソフィアは微笑みながら、首飾りをロイドの首にかけてきた。

「……いいのか。これはお前のものだろう」

眉を顰めるロイドに対し、ソフィアは頷く。

「いいの。わたしばかりもらっちゃダメだと思うから。それに……」

次いで彼女は少し言い淀《いよど》んだものの──思い切ったように、告げてくる。

「パパは、わたしを助けてくれた大事な人だから。わたしの為に、パパになってくれた人だから」

「オレは、責任をとろうとしただけだ」

「いいの。むずかしいことはよく分からないけれど、わたしがあげたいと思ったから、あげるの。お願い、受けとって？」

せがむように言ってくるソフィアに、無理をしている様子はない。本心から首飾りをロイドにあげたがっているのだろう。

（……望まれてもいないのに、なにかしてあげたいと思うことがあるのか。オレには分からんな）

ロイドが考えていると、ソフィアはそこで、重要なことに気づいたかのように目を見開いた。

「まあ！　わたし、うっかりね。パパはおとこの人なのに、こんなのはダメだわ。だって、こういうかわいい首飾りをつけているのは、おんなの人だけだもの。教団に居た頃も、ここに来るまでも、皆そうだったわ」

しゅんと項垂《うなだ》れると、申し訳なさそうに見上げてきた。

「ごめんなさい。パパにあげるのは他のものにするわ。せっかくパパにお礼をしようと思ったのに、わたし、ダメな子ね……」

「……いや、そんなことはない」

ロイドは言って、自らの首から下がる飾りに触れた。

「男だろうと女だろうとつけたいものをつければいい。別に法律に反しているわけではない。似合うか」

ソフィアは、なにか、世界の真実でも突きつけられたかのような、見たことも無い表情を見せた。

だがやがて、その口元を、ゆっくりと緩めていく。

「……うん。とっても似合っているわ。素敵なパパ」

「そうか。ならよかった」

頷いてロイドは、ソフィアに手を差し出した。

「さて、そろそろ店に戻るか。イヴが待っている」

「ええ！　そうしましょう！」

来た時と同様、手を握りながら帰ると、服屋の前でイヴが待っているのが見える。

「おお、すまないな、待たせてしまった。だが、おかげで良いものが選べたぞ」

提示してきた何着かの服を見て、ソフィアは手を合わせた。

「まあ！　とっても良いわ！　わたし、こんな服着たことないもの！」

「おお、そうだろう。気に入ってくれて何よりだ。……って、ロイド、貴様、いつの間にソフィアと手を繋いでいる⁉」

「ついさっきだ」

「ず、ずるいぞ！　我もまだやっていないのに‼」

「え、えっと。じゃあ、その……」

少し怯《おび》えるように、しかし思い切ったようにして、

「手を、つないでくれる？　……ママも」

ソフィアがそう呼ぶと、イヴはその瞬間、硬直する。

「……ママ？　どうしたの？　パパ、ママ、どうしたのかしら。ママって呼んだから、怒っているのかしら……？」

縋《すが》るようにして言ってくるソフィアに、ロイドは「さぁな」と短く返した。

「怒ってるのか？　イヴ」

そう尋ねると、イヴはやがて、束縛から解き放たれたように、溜《た》めていた息を一気に吐

き出す。

「……ああっ！　あまりの出来事に頭が真っ白になっていた！　ソ、ソフィア、今、聞き間違いでなければ貴様は我のことを、その、マ、ママと呼んだのか⁉」

「え、ええ。パパが、お姉さんも望んでいるからって……やっぱり、ダメだったかしら」

シュンと項垂れる様子を見せたソフィアに――直後、イヴは力一杯に叫んでいた。

「ダメなわけがあるかっ！　もっと！　もっと呼んでもいいぞ！」

「……ほ、本当？　いいの？　ママ」

「ああ、もちろんだ。我は、貴様のママなのだからな！」

「ありがとう、ママ……！」

「礼を言いたいのはこちらの方だ。よし、ソフィア、我とも手を結ぼう。可愛い娘をロイド……パパに独占させてたまるものか」

近づいてきたイヴが手を差し出すと、ソフィアは最初、躊躇うような素振りを見せていた。だがやがて――おずおずと、それを握り返す。

「……ふふ。それでは参ろうではないか。親子三人でな！」

イヴが空いた手でソフィアの頭を撫でると、彼女はくすぐったそうに笑った。

「左と右、どちらにもパパとママがいて、わたし、うれしいわ！」

無邪気にはしゃぐソフィアに、イヴもまた満足そうに頷く。

が、そこで彼女は、ロイドの首から下がったものに気が付いた。

「というかロイド、その首飾りはなんだ。そんなもの、先程はつけていなかっただろう」

「ソフィアにもらったんだ」

「ええ⁉　手、手だけではなく、贈り物まで⁉　うぬぬぬぬ。一歩も二歩も先んじよって許すまじ勇者……」

魔王とて、これほどまでの憎しみはぶつけてこなかった。そんな風に感じるほどの形相《ぎょうそう》をするイヴに、ソフィアが眉尻を下げた。

「ごめんなさい。わたし、パパに買ってもらったお人形の、おまけでもらったものをあげたの。お金がなくて、ママの分まで買えなくて。今度、お金をかせいで、ママにもあげるわね！」

「え⁉　あ、そうだったのか。いやいや、気にしなくていい。その気持ちだけで十分だ」

「先程殺すような目を向けて来たのはなんだったんだ」

「それはそれとして普通に今、貴様が憎らしくて憎らしくて、これから毎日一回、小さな不幸が起これと思っているが？　屋敷を出る度に鳥の糞《くそ》が落ちろと思っているが？」

器の小さなドラゴンだ、と思ったが面倒なことになりそうだったので、ロイドは黙っていた。

「では服は買えたし、後は家具か」

「うむ、そうだな。家具屋はどこにあったか……」

と、イヴが周囲を見回したところで、

「きゃあっ！」

ロイドは、路地裏から出て来た誰かにぶつかられた。

視線を移すと、ローブを目深に被《かぶ》った少女が居る。

垣間《かいま》見《み》える髪は、燃えるような赤。切れ長の目にはそれと相反するような蒼《あお》い瞳を宿している。わずかに露出している肌は、薄汚れていることを除けば染みや痣《あざ》が一つとしてない、滑らかな白さをもっていた。

その背に何か、巨大な箱のようなものを背負っている。

「ちょっと、どこを見て歩いているんですの！　危ないですわ！」

少女はロイドにぶつけた自らの額《ひたい》をさすると、金切り声を上げて来た。

「いや、オレは止まっていて、お前の方が衝突してきたんだが」

「そんなところに、ずっと突っ立っている方が悪いですわ！」

「さっき歩いていたと言っていたが」

「さっきはさっき、今は今！　状況は刻一刻と変わりますわ。けれど、あなたが悪いことは明白でしてよ！」

無茶苦茶な理論で責め立ててくる少女に、イヴが腕を組みながら、

「偉そうな娘だな。そもそも前も確認せずに路地裏から飛びだしてきた貴様の方に問題があるだろう」

「そうだわ。パパをいじめちゃダメよ」

ソフィアも参戦してきたため、少女は「うっ」と押し負けたかのようにたじろいだ。

だがすぐに体勢を整えると、

「いいでしょう。百歩譲って、わたくしにも改善点があったというところは認めますわ。であれば罪としては五分と五分。ここは互いに非を認めて和解するといたしませんこと？」

「なにを上から目線で言っている。貴様が十割悪いだろう」

「お姉さん、悪いことをしたら、あやまらなきゃダメなのよ」

「……。わたくしは！　まったく！　悪くはありませんわッ!!」

ついに開き直った。少女は地団駄を踏む。

「なぜそう言える。根拠を示せ」

しかしイヴが追及すると、途端にたじろぎ始めた。

「それは……その……悪くないからですわ！　わたくしが悪くないと決めたから、悪くはないんですの！　そうなんですのっ!!」

もはや、理論にすらなっていない。

「まあ、もう、どうでもいい。それより、どこかへ行く途中だったんじゃないのか」

見かねてロイドが言うと、少女は、はっとした顔で振り返った。

「そ、そうですわ。このようなところで無粋な輩《やから》と揉《も》めている場合ではありませんの。早く逃げなくては！」

「逃げる？　誰かに追われているのか」

「そうなんですの。まったく無礼で立場を弁えない奴等《やつら》ばかりで……ああ！　こうして説明している時間も惜しいですわ！　あなた、わたくしを足止めする為に奴等に雇われた人間ですのね⁉」

「なんのことか分からないし、お前は少し落ち着いた方がいいと思う」

ロイドの指摘に、イヴもソフィアも頷いた。

「落ちついている場合ではありませんわ！　ようやく奴等からの追跡をかわしたというのに――」

「やっと追いつきましたよ、アリス様」

少女が喋《しゃべ》っている途中で、彼女の後ろから声が響いた。

路地裏の暗がりから、数人の男たちが現れる。

誰も彼も、少女と同じようにローブを被っていた。

まるで、周囲に素顔をさらすことができない事情を抱えているかのように。

「あまり面倒をかけないで頂きたいですね。あなたも高貴な立場の者であれば、それに相応《ふさわ》しい覚悟というものをお決めになってはいかがです？」

集団の先頭に立っていた男が肩を竦めた。ローブのフードから垣間見えるのは、翠《みどり》の長い髪と怜悧《れいり》な相貌《そうぼう》。冷たさを宿す目には、銀フレームの眼鏡をかけている。

「なにを仰《おっしゃ》いますの。あなたたちこそ、自分の立場というものを今一度、振り返るべきですわ！　わたくしをまるで罪人のように追い回すなんて、恥をお知りなさい！」

アリスと呼ばれた少女は、突き刺すようにして男たちを指差した。

「罪ですか。そう言われると、確かに貴方《あなた》は罪人だ」

先頭の男は眼鏡の蔓《つる》を押し上げて、馬鹿にするように口元を歪めた。

「この世において、力無き者はそれだけで罪なのですよ。よって無能なあなたは立派な大罪人というわけです」

男の言葉に他の者たちも爆笑し始めた。

フードから覗くアリスの顔が、みるみるうちに、紅潮していく。

彼女は震える手を、力強く握りしめた。

「ぶ、無礼な！　そのような言葉、お父様がお聞きになればタダでは済ませませんわよ！」

「おお、それは恐ろしい。しかし言ったことは言ったこと。甘んじて受け入れましょう。それで――そのお父様とやらは、どこに居るのでしょう？」

が、男の指摘に、憤っていたアリスの様子が一変する。一気に血の気が引いて、先ほどまでのあった強気な色は目から消え、沈痛な面持ちで俯いていった。

「そ、それは……その……」

「いい加減に認めなさってはいかがです？　あなたが頼りにしていたお父様はもうこの世に居ないのです。今のあなたは、後ろ盾を失った、ただの小娘に過ぎない」

男が一歩、アリスへと近づいてきた。

「最早《もはや》、誰もあなたの命令など聞きはしない」

また一歩。

「誰もあなたに従わない」

更に、一歩。

「誰も――あなたを、助けない」

アリスの目の前で、男は残忍な顔に薄笑いを浮かべた。

アリスは、絶望したような表情で、目元に涙を浮かべる。

「さぁ。大人しく、背中のものを渡しなさい」

「い、いやですわ。これは。これだけは……」

必死で、背負った箱を庇《かば》うような動きを見せるアリス。

「そうですか。まあ、別に許可はいりませんよ」

男はことなげもなく言い放った。

「あなたを始末して、奪い取るまでです」

刹那、先頭の男を始めとした全員に、明確な殺意が宿った。

揃って膨大なマナが立ち昇り、彼らは一様にアリスへと手を翳《かざ》す。

「ひっ……ッ！」

アリスは怯えたように震え、うずくまると、自らの頭を抱えた。

そして――。

男たちは、その全員が一気に吹き飛ぶ。

「……え？」

予想していたものとは違う展開に、アリスは拍子抜けしたような顔をする。

「事情はよく分からないが、娘一人に数人がかりとは、あまり良い所業とは言えんな」

イヴが背中から飛膜のある翼を広げ、鼻を鳴らした。

彼らが何らかの行動――恐らくは魔法――を取る前に、彼女が翼をはためかせ、衝撃波で撥《は》ね飛ばしたのだ。

「ぐっ……な、なんだ、お前たちは！」

先頭の男が立ち上がった。どうやらロイドたちのことは視界に入っていなかったらしい。

「通りすがりの平凡な家族だ。ややお節介なところのある、な」

イヴが答えると、ソフィアもまた、両手を広げる。災厄の魔女と呼ばれるに相応しいマナが、男たちのそれを遥《はる》かに凌《しの》ぐ勢いで展開した。

「お、お姉さんがなにをしたかは分からないけど、痛いことをしちゃダメだわ……！」

明らかに只者《ただもの》ではない気配を感じ取ったのだろう。男たちは怯《ひる》んだ。

先頭の男は舌打ちすると、

「仕方ない。一旦、退くぞ」

「で、ですが、ファイン様……」

「今は人数が分散し過ぎている。一度集まるべきだ」

「……承知しました」

男たちは頷くと、彼の指示に従い、じりじりと後ろへ下がった。

「我らの邪魔をしたこと、後悔するがいい」

先頭の男が捨《す》て台詞《ぜりふ》を残すと——彼らは背中を見せて、去っていく。

やがて完全に居なくなったのを確認して、ソフィアは胸を撫で下ろしたようにマナを消した。イヴもまた、翼を畳んで消失させる。

「なんだったのだ、あやつらは」

「わからないわ。でも、とっても怖い顔ばかりだったわ」

「……大丈夫か？」

ロイドが声をかけると、アリスはびくりと体を竦ませた。

だが、やがては立ち上がり、息をつく。

「も、問題ありませんわ、あの程度。まったくもって全然わたくし平気でしたのよ！」

「滅茶苦茶《めちゃくちゃ》にビビり倒していた気もするがな」

イヴの言葉にアリスは頬を赤らめた。

「き、き、気のせいですわ！　目の錯覚ですわ幻覚ですわひょっとして御病気なんではありませんこと⁉」

「そうか。それならいいが。じゃあ、オレたちはこれで失礼する」

ロイドが言って去ろうとすると、アリスは焦ったような顔をした。

「おおお、お待ちなさい！　あなたたち、先程の力、只者ではありませんわね⁉」

「んん？　まあ、そう言われればそうだが……」

イヴは片眉を上げげつつ答える。只者、という定義が『普通の人間』であるのなら、確かにロイドたちは彼女の言う通り只者ではない。

すると、アリスは「やはり！」と何か得心が行ったような顔をした後でロイドたちに背を向けると、その場に蹲《うずくま》った。

「怪しいですわ。この人たちはとても怪しいですわ。それに人間ですし……ただあの力、利用するに越したことはありませんわ。あいつらの追及を逃れるためにいるかもしれませんわ」

「なにかぶつぶつと失礼かつ不穏なことを呟かれている気がするのだが」

「動きが激しくて楽しいお姉さんね」

イヴが呟くのに、ソフィアが興味を惹《ひ》かれたようにアリスを覗き込もうとした瞬間――

彼女は、勢いよく立ち上がった。

「決めましたわ！」

「きゃあ⁉」

「あなたたち――わたくしの手助けをする権利を与えてさしあげますわ‼」

再びロイドたちの方を向くと、アリスは胸に手を当て、威風堂々と言い放つ。

そして、

「いや別にいらん」

「必要ない」

「パパ、お腹《なか》が空《す》いてきたわ」

三人から拒否されて――内一名は聞いてすらいなかった――大いに仰《の》け反《ぞ》った。

「な、なぜですの。このわたくしが、直々《じきじき》に機会をあげると申してますのに！」

「そもそも貴様は誰なんだ。正体不明の奴から居丈高《いたけだか》丸出しに権利を与えてあげますわと言われても、こちらから返せるのは一昨日《おととい》来やがれということ以外ないのだが」

呆《あき》れ果《は》てたように言うイヴに、アリスは衝撃を受けたように一歩退く。

「まあ！　どうやって一昨日から来ればいいんですの。教えてくださいまし！」

「そういうわけではなく」

「ただの比喩表現だ。簡単に言えば、ふざけるな、ということだろう」

ロイドが説明するとソフィアが小鳥のように首を傾げる。

「お姉さん、パパたちになにか助けて欲しいことがあるの？」

「え？　え、ええ。まあ、そうですわね」

「じゃあ、お願いしますって言わなきゃダメよ。人に何かをして欲しい時にはね、ちゃんと丁寧に言わないとダメなのよ。ママからもらったご本に書いてあったわ」

「そんなことをしていたのか、イヴ」

全く知らなかったとロイドが矛先を向けると、イヴはなぜか誇らしげに頷いた。

「うむ。社会で生きていく為には知識が必要だからな。それには読書が一番だ」

自分よりよほど子どもを良く教育している、とロイドは密《ひそ》かに感心する。

「で、ですが、わたくしが庶民に、それも人間に頭を下げるなど」

「先ほども我らのことを人間だと言っていたな。我は違うのだが、まあ、それは置いておくとして。まるで自分がそうではないような口ぶりだ」

訝《いぶか》しげに見るイヴに、アリスは「ひぇっ」と素っ頓狂な声を出した。

「い、いえ、それは……その……」

派手に目を泳がし、脂汗を流して肩をすぼめる。目に見えて分かるほどの動揺っぷりだ。

「……くっ。背に腹は代えられぬとはこのことですわ。よろしい。やってあげますわ！」

が、途中で何かを決意したように声を上げると、きりっとした態度でロイドたちの方を向いて、勢いよく頭を下げた。

「お、お願い致しますわ。あなたたちの力が必要なんですの。どうか、わたくしを助けて下さいまし！　というのもわたくし――」

「いいだろう。手を貸してやる」

「いやええ⁉　話が早い⁉」

アリスは勢い良く跳び上がる。ロイドの返答がよほど予想外だったらしい。

「も、もっと事情とか聞いてもよろしいのではなくて……？」

「オレの力を望むのなら応える。それだけだ」

「驚くのも無理はないが、この男はそういう奴だ」

目を白黒させているアリスを見て、イヴが苦笑を漏らした。

「が――まあ、助けることに文句はないにしろ、ある程度の事情は知っておきたい。話してもらえるか」

「え、ええ、もちろんですわ。ただ、ちょっとこの場では……」

アリスが躊躇うように、周囲へ目配せする。確かにいくら人通りが少ないところであっても、この場では言いにくいこともあるだろう。誰かに追われている様子であったのなら尚更《なおさら》だ。先ほどの騒ぎで耳目を集めてもいる。

「分かった。なら、オレの屋敷に来い」

ロイドの誘いに、アリスはやや間を空けた後で、笑顔のまま頷いた。

道中に自己紹介を済ませ——と言ってもアリスは素性を語らなかったが——ロイドたちは無事に屋敷に戻ってきた。

「……それにしても、まだ信じられませんわ」

屋敷へ入る前に、アリスの声が聞こえ、ロイドたちは振り返る。

「イヴ、と仰いましたわね。わたくしを助けた時にも只者ではないと思っておりましたが……あなたが、その、まさか、ドラゴンだとは」

「なんだ。まだ引きずっておるのか、そのことを」

意外そうにイヴから言われ、アリスは「あ、当たり前ですわ！」と言い返した。

「ドラゴンが人間と共に暮らしているなど、わたくしもついぞ聞いたことがありませんわよ⁉」

街から出た後、帰る前に正体を明かしたイヴを見て、アリスは喉が嗄《か》れんばかりに絶叫した。彼女はそのまま逃げ出そうとしたが、ロイドに捕まえられ、ソフィアから「ママは良い人よ」と何度もつたない言葉で説得され、時間を費やしようやく大人しくなったのだ。

そのままおっかなびっくりながらもイヴの背に乗り、屋敷までやって来たため、納得したのだろうとロイドは思っていたのだが。

「あなた、この女性……ドラゴンと、どういう関係ですの⁉」

「まあ、その辺りは追々説明する。ひとまずは中に入ってお前の事情を聞かせてくれ」

勢い込んで尋ねてくるアリスに、ロイドはそう素っ気無く返して、屋敷の扉を開けた。

「アリスさん、大丈夫よ。ここへ来る前にも言ったけれど、ママはとっても優しいの」

「そう。貴様を傷つけなどせん」

ソフィアと、人間に戻ったイヴに言われ、アリスは非常に渋々ながらも受け入れたようだった。ロイドに続いて屋敷に入ってくる。実際、ここまでの道中でイヴになにもされなかったこと――加えて、ソフィアが彼女に懐いていたことが大きかったのだろう。

食堂まで案内すると、アリスは席へとつく前に、背中に負った箱を下ろして近くに置く。その際、ずん、という低い音が響いたあたり、何か相当に重い物が入っているようだ。

「貴様、行商人か何かか？」

アリスと向かい合う形で、彼女の右斜め前に座ったイヴが問うた。

「え？　どうしてですの？」

「いやその箱だ。商売する為の物でも入っているのかと思ってな」

「ああ……これですの。いえ、そんなわけでもないのですが」

「随分と大きいのね。なにがしまわれているの？」

お茶を用意していたソフィアが、アリスの前にティーカップを置きながら言う。

「え、えーと。それはちょっと……秘密ですの」

「まあ。とっても気になるわ。でも、秘密なら訊《き》いてはダメね」

素直に頷くと、ソフィアはイヴの隣に居たロイドの左にちょこんと腰かけた。

全員が揃ったところでアリスは咳払《せきばら》いをし、姿勢を整える。

「ええと……まずは先ほど、危ないところを助けて頂き、感謝致しますわ」

「いや気にするな」

ロイドが首を振ると、アリスがティーカップを流麗な仕草で口に運ぶ。

「よきに計らえ、といったところですわね」

「ちょいちょい偉そうだな貴様。王族か」

が、イヴが片眉を上げてついた言葉に、アリスは派手に茶を吹き出す。

「きゃあ！　きたないわ、アリスさん！」

「ご、ごめんなさい。その、ちょっと……不意を突かれたというか……」

慌てて取り出した布でテーブルを拭《ふ》くと、アリスが改めて口を開いた。

「……わたくしを追っていた男たちですけれど。実はわたくしが持っているある物を狙っておりますの」

「あるものとは、その箱の中に仕舞われているものか」

「え、ええ。詳細は話せませんがこれはとても貴重な代物で、彼らはそれを手にしようと執拗《しつよう》に追ってきていますのよ」

「高価なものなのか」

「高価と言えば高価ですが、真の価値は値段に関係ありませんの。それがもたらす効果にこそ意味がありますのよ」

ということは、とロイドは踏んだ。美術品や工芸品の類《たぐ》いではなく、何らかの道具、あるいは武器か防具といったところだろう。

「わたくしはお父様からこれを受け継いだのですが、その……複雑な事情がありまして、少し前に家がなくなってしまい……」

「家がなくなった？　地位を失ったということか」

イヴが眉を顰めるのに、アリスは「……まあ、そういうことですわ」と躊躇いがちに顎を引いた。

国の領地を治める立場にある人間、つまり貴族は必ずしも自らの権利による土地を有しているわけではない。

多くの場合は国王から任じられて領地を管理し、税金を徴収していた。それは王から直接の信頼を得ているということで、その分、庶民よりも手に入る金は多く地位も高い。

が、逆に言えば全ての持ち物は国の統治者から貸し与えられているに過ぎない、という
ことにもなり、何らかの出来事により信用を失えば、地位や土地を奪われることもあった。

アリスの父親も、そういったことから貴族としての階級をなくし没落してしまったとい
うことなのだろうか——と、ロイドは考えていたのだが、

「わたくしの父は多くの者を束《たば》ね、統治する立場にある者でした。ですが、ある存在によ
って領地に攻め入られ、民のほとんどを失ってしまったのですわ」

予想外の返答が来たため、首を傾げる。

（最近、それほど大きな戦いがあったと聞いたことがないが……）

ロイドが不審に思っている間も、アリスは語り続けた。

「その騒動によって、家だけでなく……父も亡くしました」

「まあ……あの男の人たちも言ってたわね。とても悲しいわ」

自身も両親を失ったことのあるソフィアが、同情するように眉根を下げる。

言ってしまえば、ロイドもまた同じ立場なのだが——これといって感慨は湧かなかっ
た。

「はい。こればかりは送ってきた人生の差だろう。

手引きの者により身を隠しながら、しばらくは泣き暮れておりました。ですが次
第に、いつまでも落ち込んでばかりいてはいけないと奮起したのです。お父様が亡くなら

れたという過去は変わらない。ならば、未来に生きなければならないと」

拳を固めて強い口調で言い放つアリスに、イヴが「ほぅ」と身を乗り出した。

「つまりはお家再興に動き出した、ということか?」

「その通りですわ! 我が一族の威光を復活させる為には、お父様の血を引くわたくしが動く他ありません! わたくし、身を粉にして働く所存ですのよ!」

その場で勢いよく立ち上がると、アリスは高々と拳を掲げた。さながら戦場で勝ち名乗りを上げる英雄のように。

「えらいわ、アリスさん。とってもカッコいい!」

ソフィアが派手に拍手するのに、アリスは仰々しく一礼した。

「……と、まあ、決意したのは良かったのですが」

しかしすぐに気落ちしたような表情を浮かべると、力無く再び座り込む。

「ある日、どこから情報を得たのか、わたくしが隠れていたところに彼らがやってきました。お父様から受け継いだものを渡せと。わたくしを手引きしてくれた者たちは奮闘したのですがその甲斐《かい》もなく倒れ……わたくしだけがどうにか逃げ延びた次第ですの」

「それが貴様を追ってきた奴等ということか。何者なのだ?」

「元々は騒動の後にも生き残っていたお父様の部下でした。ですが、お父様亡き後、わたくしに従う義理はないと反旗を翻し、自分たちこそが主《あるじ》の代わりになると主張したのです」

「それはまた、なんとも。世知辛い話だな」

イヴは頰を掻《か》いて微妙な顔をした。

「そいつらが崇敬していたのは主人だけ。娘であるお前にはなんの感情も抱いていないというわけだな。先ほどの会話から察するに見下してすらいたようだ」

ロイドが思ったままを素直に言うと、アリスの顔が鉄球を喰らったように強張《こわば》った。

「おいロイド。物には言いようというものがあるだろう！」

「そうよ、パパ。お話は難しくてよく分からなかったけど、アリスさん、泣きそうになっているわ」

「ななな、ななな、泣いてなんか、泣いてなんか、あああ、ありませんわよ」

唇を嚙《か》み締《し》め目に涙を溜めながら、アリスは明らかな痩せ我慢を示した。

「……まあ、ロイドさんの仰る通りなんですけども。忸怩《じくじ》たる想いですわ。まさかわたくしに忠誠を誓っていたはずの者たちがあのように態度を覆すとは」

「ふむ。それで？　オレたちにあいつらを倒せと言いたいのか」

「そうですわね。もし次に現れた場合、できればお願いしたいですわ。とはいえ彼らもまた精鋭。無理は申しませんので、せめてわたくしの傍にはあなた方がいるから追ってきても無駄だと、そう悟らせることができれば良いのですが」

「そういうことなら、うってつけか。我はドラゴンの中でも、人間に皇帝竜《エンペラードラゴン》と呼ばれた者よ。不本意ではあるが……その名を聞けば恐れる者も多かろう」

イヴがやや複雑そうな顔で言うと、

「…………。は？　えんぺらーどらごん？」

一瞬、理解できない単語があったというように、アリスは気の抜けた声を漏らした。

だが——すぐに、激しい音を鳴らして立ち上がり、そのままイヴから距離をとる。

「え、え、え、皇帝竜⁉　あなた、あの、極悪非道で残虐無比、悪鬼羅刹の屍山血河もお手のものといわれた、あの皇帝竜ですの⁉　ひいいいいいいい！」

どこか逃げ場所はないかと探すように視線を巡らせるが、特に見当たらないと悟ったアリスは、そのまま壁に張り付いた。

「……。え、我、そんな風に呼ばれてたのか？　さすがにちょっと傷つくのだが」

慄《おのの》くアリスに、イヴは胸に手を当ててうめいた。

「ごくあくひどうでざんぎゃくむひってなにかしら、パパ」

「とんでもない悪い奴だということだ」

「そこ解説するな！　傷に塩を塗るな‼」

指を突きつけられて、ロイドと会話していたソフィアはびっくりしたように固まる。

「ふ、ふん。まあ、いい。どう言われようとも我は我。気になどするものか。我のすることと我のみぞ知るだ」

「そうよママ。ママはとっても美人で優しいわ。悪いヒトなんかじゃないもの」

「ソフィアあああああああああ！　ああああああ！」

イヴは突然に叫ぶとソフィアに駈《か》け寄り思い切り抱きしめた。

「結構気にしているようだが」

「……。な、なんだか分かりませんけど、申し訳なかったですわ……」

未だ少し怯えるような顔をしながらも謝るアリスに、イヴはソフィアへ頬擦りしながら告げる。

「もうよい。愛する娘が帳消しにしてくれた。それに我だけではないぞ。ここにいる少女こそ、あの災厄の双魔の忘れ形見、災厄の魔女の名を持つ強力な魔法の使い手よ」

「ええ⁉　あの歩く災害……とっても派手な活躍をなさった夫婦の娘ですの⁉」

言いかけて柔らかい表現に変えたアリス。一応は気を遣ったようだ。

「ま、ますます混乱してきますわ。ど、どうしてそのようなお二人が一つ屋根の下で暮らしているんですの？　まったくの理解不能でしてよ……」

「まあ、色々あってな。今はこうして家族になっているというわけだ」

未だソフィアを抱きしめながら満足そうに言うイヴ。一方のソフィアは「苦しいわママ」と訴えているが意に介していない。

「それに、だ。我らなど話にならんのがここにいる男だ」

イヴの目線を追ったアリスがロイドの方を向いた。

「彼ですの？　彼が皇帝竜よりも、災厄の双魔の娘すらも凌ぐ力を持っているんですの？　確かにあなた方と暮らしている以上、普通の人間ではないでしょうが……」

「そうだ！　感じないか、ロイドの持つ風格、威厳、圧力を！」

「…………。まったく微塵《みじん》も感じませんわ」

正直な娘だ。と、思ったがロイド自身もそう己を捉えているので特に問題はなかった。

「なんと、貴様の目は節穴か。聞いて驚け、アリスよ！　このロイドこそが！　ここにいるちょっと顔が良いらしいが至って平凡そうでどこにでもいる風に思える物語で言えば主人公を案内する役で最初に現れる魔物とかに殺されそうなこの人物こそが！」

「わたくしそこまでは言っておりませんわよ」

「——なんと！　魔王を倒した勇者なのだ！」

イヴの紹介にアリスは目を見開いた。

「……え……？」

「衝撃だったか、驚愕《きょうがく》だったか、愕然《がくぜん》としたか予測不可能だったか前代未聞《ぜんだいみもん》でも無理はない。しかし真実だ。ロイドこそ世界に望まれ、偉業をなした勇者なのだ！」

「パパはとっても強いのよ！　あとママ、本当に苦しいわそろそろ放して」

「お、すまんすまん」

名残《なごり》惜しそうにソフィアを解放すると、イヴはその場でふんぞり返る。

「我とソフィア、それに夫であるロイドさえいれば、どのような輩でも相手にはならぬ。追い払うどころか、後々夢に出てうなされるほどの恐怖を味わわせてやろう！」

なぜお前がそんなに偉そうにしているんだ、と思いつつロイドはアリスの方を見た。

彼女は尚《なお》も同じ表情のままで、完全に固まっている。

「……む。どうした。さすがに予想外過ぎたか？」

イヴが不審がって首を傾げる。すると、アリスはようやく我に返ったように目を瞬かせた。

「……あ……あはは。さすがに冗談、ですわよね？」

次いで引きつった笑いで尋ねてくる。確認というよりは、そうであってくれという願いが込められているように思えた。

彼女の真意は不明だがあえて嘘を吐く必要もない。ロイドは正直に答えた。

「いや。オレは本当に魔王を倒した。勇者、と周囲に呼ばれてもいる」

「ほら、どうだ。見たか。安心しただろう、アリスよ。どーんと我らに任せておくが良い」

「………………」

「ん？　どうした、アリス。また驚いたか？」

黙り込んでしまったアリスを、イヴが覗き込む。

だが彼女は何も答えず、ロイドをじっと、穴が空くほどに見つめてきた。

「いえ……そう、ですわ……あの時は、遠目で、よく分からなかったけれど……」

その口から、消え入るような声を漏らす。

「よく見れば……確かに、あなたは……」

やがて、アリスは俯くと、なにかをぶつぶつと呟き始めた。

同じことを繰り返しているようだが、なにを言っているかが分からない。

「……す……」

故にロイドが、耳を近づけようとした――。

「こ……す……」

まさに、その瞬間。

「殺す――ッ!!」

アリスは椅子を蹴立てて立ち上がると、ローブの裾を払った。

垣間見える旅装束《たびしょうぞく》の、スカートを締めるベルト。

そこに差されていたナイフを手に取ると、彼女はロイド目掛けて迷いなく向かってきた。

「勇者ッ！　死ねえええええええええええええッ!!」

アリスの突き出した刃先が、真っ直《ま》ぐ《す》にロイドの心臓を狙って突き出される。

「パパ！」

「ロイド！」

ソフィアとイヴが咄嗟《とっさ》に動き出そうとするが、

「問題ない」

ロイドはナイフの刃を指先で止める。マナを纏《まと》わせた肌に、たかだか普通の武器が通じるはずもなかった。

「くっ……ぐ……ああああああああああああああ！」

それでもナイフを握った手に必死で力を込めるアリス。その目は酷《ひど》く血走り、形相もまた憎悪という憎悪に満ちていた。

「よせ、無駄だ」

ロイドはほんの少し力を込めてナイフを押し返した。それだけで、刃が粉々に砕け散る。

「あ……ああ……」

絶望的な表情をするとアリスは、ふらふらとした足取りで下がり、そのまま脱力するようにして床に腰を下ろした。

「い、一体、どうしたというのだ。なぜ勇者と聞いただけであれほどに怒る」

「アリスさん、パパとなにかあったの？」

近づいてきたイヴとソフィアを、アリスは「寄らないで！」と腕を振って遠ざける。

「最初は認識できなかったとはいえ、まさか……まさか勇者に助けを求めていたなんて！

自分で自分が許せませんわ！」

「……お前、何者だ？」

膝《ひざ》をついて問《と》い質《ただ》すロイドを、アリスはこの上なく怒りに満ちた様子で、鋭く睨み付けてくる。

「察しがつかないのであれば教えて差し上げますわ。とくとご覧あそばせ！」

自らのフードに手をかけると、彼女は、それを下ろした。

現れたのは垣間見えたのと同じ紅の髪。美しい相貌に、澄んだ瞳。

加えて――尖《とが》った二つの耳だった。

「これは……貴様、魔族か⁉」

イヴが息を呑んだ。

かつて魔王と共に世界を支配せんとして、人間側の領域を侵略してきた存在。勇者によってそのほとんどが滅び去り、残った者も主を亡くし方々に散ったと言われている異種族だった。

まさか、こんなところで出会うとは。さすがにロイドも虚をつかれた。

「ただの魔族ではありませんわ！」

アリスは再び立ち上がると、荷物を強引に引きずりながらロイドたちから距離をとった。

更には気品と威厳を見せつけるかのように髪を優雅に払い――。

堂々と、宣言した。

「わたくしはアリス。魔族の頂点にして世界最強の男、偉大なる魔王デュークの血を引く正統なる後継者ですわよッ！」

「……と、いうことは、魔王の娘か⁉」

イヴの言葉に、アリスは鼻を鳴らす。

「そうですわ。理解したのなら頭《こうべ》を垂れなさい。跪《ひざまず》き今までの非礼を詫《わ》びなさい。わたくしこそが次なる世界の統治者。お父様に代わり全てを支配する偉大なる王ですわよ！」

「そうか。知らなかった」

が、端的に答えたロイドに、彼女は崩れ落ちかけた。

「な……なんですの、その、あっさりしているにも程がある反応は！　魔王の娘ですのよ、あなたが討った最大の敵、その血縁者が目の前にいるというのに！」

よろめきながら、傍らの箱を頼りにして体勢を整える。

「すまん、アリス。ロイドは大体の場においてこういう奴なのだ」

「パパに悪気はないのよ、アリスさん。ただちょっと不器用なだけ」

「ちょっとの範囲を超えておりますわよ‼」

イヴとソフィアの擁護に、アリスは床を蹴った。

次いで、ロイドに向けて明確な殺意を込めた眼差しを突きつけてくる。

「ずっと……ずっと恨んでおりましたわ、あなたのことを。あなたさえいなければ。あなたさえこの世にいなければ、お父様は生きていた。わたくしも追われるようなことはなかった！」

「なるほど。そうかもしれないな」

殲滅者計画が成功しなければ、勇者も生まれず、魔王の侵攻は止められなかっただろう。ならば勇者のせいでアリスの人生が狂ったという論理は、別に間違ってはいない。

「待て、アリス。それは短絡的に過ぎる」

が、イヴは歩き、ロイドの前に立つと、

「たとえロイドがおらずとも、いつか勇者は誕生していたかもしれない。となれば責任はこやつではなく、こやつに力を与えるような真似をしたこの国、ディルグランドそのものにあるだろう」

「そ……それは……」

「それに元はと言えば貴様の父親が、人間側を征服せんとして動いたのが発端だ。殴りかかってきた者にただ身を投げ出すような馬鹿はおるまい。相応の力を持っていれば、当然だが、同じように殴り返す。相手が武器を持っていたのならこちらも武装する。そういうものだ。ロイド一人のせいであるかのように言うのは間違っている」

イヴの話に、アリスは悔しそうに下唇を噛み締めた。否定できないと感じたのだろう。

「確かにこやつはお主の父親の命を奪ったのだろう。だが——魔王もまた、多くの人間の命を奪った。ならばどちらが悪いというわけではない。どちらも悪いのだ。よって必要なのは、双方ともに許し合うことだろう。それでこそ新しい道が見つかり――」

「お説教は沢山ですわっ!!」

が、イヴの説得は途中で打ち破られた。

アリスは荒い息を漏らしながら、頭を掻きむしる。

「そんなことは分かっておりますの！　でも、わたくしは納得いきませんのよ！　どうしてお父様が死に、この男だけが生きておりますの。どうして姫であるわたくしが故郷を失い、よりにもよって、人間の領域まで逃げてこなければなりませんの！」

己の荒らげた感情を隠すこともなく吐露しながら、アリスは叫び続けた。

「どうしてこのような薄汚い格好で駆け回っておりますの！　泥まみれになって、部下に追われておりますの!?　理屈は受け入れられても、心が拒否していますのよッ！」

アリスが手を伸ばし、傍らにある箱に手をかける。

「この状況が誰の責任でもないのだとしたら、わたくしはどこに怒りをぶつければ良いんですの!?　誰も教えてくれませんわ！」

「それは……」

さしものイヴとて、彼女を抑えるだけの言を持たないようだ。

それはそうだろう。感情によって突き動く者を、関係のない第三者がどれほど説き伏せようとしても無駄だ。

そんなことをしてもなんにもならない。

なにもかも、全て分かった上で行動しているのだから。

「だからわたくしは勇者を——ロイド、あなたを殺しますわ。そうすれば少しは、この胸を支配する気持ちの悪い『なにか』が消えるような。そんな気がしますの！」

息を吸い込むと、アリスは強く、自らの高ぶりのままに言の葉を紡いだ。

「展開・因果解放！」

それは、ソフィアの使う魔法の呪文に似たものだった。

マナ使いが魔法を扱う際、ある一定の言葉を唱えるのは、その実現性を高めるためだと言われている。身体能力の強化やイヴのように体の変化に使うのならまだしも、魔法のように大規模な現象を起こす場合、ただ意識するだけでは難しい。マナを正確に、自らの思い通りの効果に変えるため、頭の中でその光景を思い描くことが重要となる。

それには、口頭で効果を表現する言葉を述べることが一番都合がよいということになっていた。

つまり——アリスは今、恐らくは彼女が手を置いた箱の中にあるものを『自分に都合よく』使うために、マナを通して命令を下したということだ。

そして、ロイドの読み通りアリスの体からはマナが溢れ、箱へと伝わって行った。

直後、箱全体が青白く光ると、勢いよく割れる。

中から現れた何かが、マナに包まれて空中に浮かび上がった。

漆黒に彩られた甲冑《かっちゅう》だ。頭、体、腕、腰、脚——全身を覆う箇所がばらばらになって空中に浮かんでいる。

「——装着！」

アリスの命に従うように、解き放たれた鎧《よろい》は彼女の体へと吸い寄せられた。

そのまま自動的に、各所へ嵌《は》め込《こ》まれていく。

瞬く間に誕生したのは、物々しいばかりに構えた戦士の姿だった。

「いきますわよ。覚悟なさい！」

アリスが声を張り上げると鎧が眩《まばゆ》く発光する。マナの輝きだ。

次いで彼女が手を翳すとその中心に、光が収束した。小さな明かりは次第に膨れ上がり巨大化していく。

そうして生まれた光球は、ロイドたちを飲み込むほどの規模を持ち——。

「……うぐっ⁉」

放たれる前に、急激な速度で消えていった。

アリスは呻《うめ》きを上げた後でその場に跪く。鎧の重さを表すように派手な音が鳴った。

「なんだ……どうした？」

なにが起こっても対応できるように構えていたイヴは、拍子抜けした様子でアリスへと近づいていく。

彼女が腰を落とし様子を窺っていると、やがて甲高い音が鳴った。

鎧がアリスから離れ、自らの意思を持つが如《ごと》くして、箱の中に戻っていく。

蓋《ふた》が閉じられると、場には耳に痛いほどの静寂が戻った。

アリスは目を閉じ、苦しそうに息をついていたが、やがてはそれも途絶える。

「アリスさん、大丈夫⁉」

青ざめたソフィアに、アリスの状態を確かめていたイヴは頷いた。

「問題ない。気を失っているだけのようだ。しかしこの鎧は一体……」

「詳細は分からんが、マナの力を利用した防具のようだな」

以前に宗教組織【贖《あがな》いの杖《つえ》】の信者が使っていた【魔剣】に似た類いのものだろう。

「ふむ。彼女の話と合わせるに、魔王の遺産といったところか」

「……あの。アリスさん、どうするの？」

心配そうにイヴとロイドを見るソフィア。

イヴは、軽い吐息交じりにアリスを見て言った。

「ま――とりあえず、寝室に運ぼう」

目が覚めた時、アリスは自分がどこにいるかすぐに把握できなかった。

薄暗い部屋で眼前にあるのは、見知らぬ天井《てんじょう》。

体を起こすと自分がベッドに寝かされているのが分かった。

それと同時に、覚醒時特有の曖昧模糊《あいまいもこ》とした思考がゆっくりと正常化していく。

どれほどの時が経っているか分からないが、父親の鎧をつけて勇者を倒そうとして、失敗し、倒れたのだ。恐らくその際、意識を失ってしまったのだろう。

「……わたくしとしたことが、情けない」

額に手を当て自らの行為を悔いた。まさか仇《かたき》に介抱されてしまうとは。

いや、それよりも愚かなのは、全てを理解して尚、間違った選択をしてしまったことだ。

あの鎧を自分が扱うことはできない。

そんなことは分かっていたはずなのに、つい、頭に血が上ってやってしまった。

「こうしてはいられませんわ。こんなところ、早く出て行かなくては」

勇者を前にして尻尾《しっぽ》を巻くなど、魔王の娘としては言語道断だ。

しかし今の自分では彼や、最凶のドラゴンである女、事情は不明ながら彼女の娘だという災厄の魔女にすら勝つことができないだろう。

勇者だけでも充分過ぎるほどなのに、世界でも有数の厄介な連中が一緒にいるとは。

「それにしても、なぜ彼女たちは、あれほどまでに親しげに……」

理解できない。ドラゴンと災厄の魔女という組み合わせもそうだが――なにより、赤い血が流れているとすら思えないような、ともすれば魔族よりも人間らしくないあんな男と。

「……考えても仕方ありませんわね」

何か良い方法が思いつくまで、ひとまずは逃げるべきだろう。アリスはベッドから降りると、部屋の扉に近づき、背をつけて外の様子を窺った。

気配がないことを確認して、そっと開き、そのまますると廊下へ出る。

足音を立てないように慎重に進むと、屋敷の中央に出た。

階段をゆっくりと降りて、玄関へと向かう。

「上手くいきましたわ……」

微かな声で呟くアリスの耳に、ふと、話し合う声が聞こえて来た。

「さて。アリスもそろそろ目覚める頃だろう。彼女が魔王の娘であると分かった以上、対応はどうすべきだろうな」

「……パパが倒した人の、子どもなのよね。やっぱり、出て行ってもらうの？」

イヴとソフィアだ。食堂にいるらしい。

なんとなく気になって、アリスは忍び足で扉によると、耳を当てた。

「――いや。何もしない」

ロイドが、あの憎らしき勇者が、相変わらずの硬質極まる声でイヴたちに答える。

「彼女が出て行くなら出て行くでいい。居たいというのなら居させる」

「仇の娘を同居させるというのか？　正気の沙汰とは思えんな」

「うん……。パパはとっても強いけれど、もしものことがあればって思うと、とっても心配だわ」

イヴとソフィアの言葉は尤《もっと》もだ。

アリスが彼女たちの立場であれば同じことをするだろう。

（わたくしなど簡単に組み伏せられるから、気を付ける必要もないということですの⁉）

嘗《な》められたものだ。いかな勇者といえど、生きている以上は無防備な瞬間というものは訪れる。

睡眠中に襲われたらどうするのか。排泄《はいせつ》行為をしてる時は。食事中は。この屋敷にあるかどうかは分からないが、風呂に入っている時などもそうだ。

殺意を持つ人間を傍に置くとは、つまりそういうことだ。

片時も油断できず常に気を張っておかなければならない。

「……どうしてそこまでするのだ」

アリスと同じ疑念を抱いたらしきイヴが尋ねた。だが答えたのは、ロイドではない。

「せきにん、なの？　パパ」

ソフィアが先んじて語り掛ける。

「パパは、アリスさんのパパ、魔王を倒したのよね。わたしを助けた時に言ったわ。わたしのパパを奪った『せきにん』をとるって。アリスさんもそうなの？」

「……。まあ、そうだな」

責任。その、短い言葉がアリスの肺腑《はいふ》に重みをもって沈む。

（お父様を殺した責任を取る為に、わたくしを屋敷に置く？　じゃあ、あの男はわたくしに命を取られる覚悟をもっているということですの？）

分からない。なぜそんなことをするのか。

気を失う前に、ロイドたちから言われたことは真実だ。

魔王は人類を支配するために攻めた。だから彼らは対抗した。それでも敵《かな》わなかったから勇者を派遣した。結果、魔王は倒された。

これはどちらかが悪いわけではない。

アリス自身も言ったが、そんなことは承知しているのだ。

これはいわばアリスが己の鬱憤《うっぷん》を晴らすためにやっていること。

だから本来は勇者に、責任など、ない。

それでも彼は、ありもしない責を負うという。

「やれやれ。まあ、貴様のことだ。現段階においては、あの娘に何をされても対応できるだろうとは思うが。落ち着かん生活になるな」

「その点に関してはすまない。お前たちに迷惑をかける」

「……ま、構わんさ。そんな男を夫に迎えたのは我だ。もう諦めているよ」

苦笑気味に言ったイヴにソフィアも続いた。

「わたしもいいわ。わたしは『せきにん』のおかげで、新しいパパとママに出逢《であ》えたんだもの。でも、わたし、アリスさんを説得してみる。お願いだからパパを許してあげてって、お話ししてみるわね」

「おお。説得なんて難しい言葉をよく知っているな。偉いぞ、ソフィア。ママもやってみよう」

頭を撫でられたのだろう。ソフィアが、くすぐったそうに笑みを漏らした。

食堂内は温かな空気が流れている。

夫を殺すかもしれない仇を住まわせようというのに。

父親を狙う敵が常にいようというのに。

なんだろう。この雰囲気は。

「……変な連中、ですわ」

だけど、どうしてだろうか。既視感があった。

かつて魔王が居た頃に自分が味わっていたものに似ているような、そんな気がする。

「いいえ……そんなわけがありませんわ」

自分たち親子と彼らが一緒など。断じてあるわけがない。

アリスは奥歯を嚙み締め、その場を離れた。


扉を開けると、寝室にアリスの姿はなかった。

「……出て行ったか」

半ば予想していたことだ。ロイドは扉を閉めると、玄関へと向かった。

アリスは勇者を憎んでいる。だが先ほどのことを踏まえるに、現状のままでは目的を達成することができない。

だから一旦は退いて、何か手を考えようというのだろう。

彼女は勢いのまま突っ走るところはあるようだが、馬鹿ではないようだ。

きちんと自身の置かれた状況を客観的に判断している。

「さて……オレも寝るか」

アリスの選択に異議を挟む権利など、自分にはない。

ロイドは思考を切り替えて、既に眠っているイヴとソフィアの元へ行こうとした。

が、その前に喉の渇きを覚え、玄関の扉を開けて外に出る。

井戸の方に行こうとしたところで——背後に気配を覚えた。

「なんだ。まだ旅立っていなかったのか、アリス」

存在を見抜かれると思っていなかったのか、相手がたじろぐのを感じた。

「……どうしてわたくしが居ることが分かったんですの」

振り返ると、やはりというべきか、動揺している様子のアリスが立っている。

「マナの揺らぎだ」

「まなのゆらぎ？」

「マナは目に見えないが大気中で無数に漂っている。だから誰かが居るとその部分だけ避けて通るんだ。その変化を感じることができる」

「へ、平気な顔して人外なことを言わないでくださいまし」

「すまないな。勇者になってから自然にできるようになった」

理由は不明だが、無尽蔵にマナを吸収できる体が、気配へ敏感になったのかもしれない。

「ところでこの屋敷に住むつもりなのか？　お前がそうしたいなら、そうしてもいいが」

「いいえ、出て行きますわ。仇と同居など寒気が走りますもの」

尤《もっと》もな話だ。ロイドは頷いて、

「ではなぜ、まだここにいる」

「……少し、あなたと話がしたいと思ったんですの」

「オレと？　なんの」

「あなた――どうやって勇者になったんですの？」

質問の意図が分からない。が、求められたことには応える。そんな信条からロイドは口を開いた。

「王国でマナを無限吸収できる人間を育成するという計画があり、それに参加して、成功者になった。勇者と呼ばれたのは旅立ってからだな」

「マナを無限に……？　そのようなことが可能なんですの？」

「簡単ではなかったな。オレの前には何十人、何百人といった人間が死んだ。死ななくても精神が錯乱したり、マナの過剰供給に耐えきれず中毒症状を起こして体の各所が壊死《えし》した者もいた」

アリスは血の気が引いた真っ白な顔で、口元を押さえた。

「……そんな……おぞましい……」

魔族におぞましい、と言われるとは思っていなかったが、確かにその通りだろう。

ロイド以外の参加者のほとんども、実験に恐れをなしていた。

それでも計画に参加せざるを得ない状況を抱えているが故、全員が拒否することもできずやらされていたのだ。

「そんな計画に耐え抜いてまで……どうしてあなたは勇者になりたかったんですの？」

「どうして、か。そうだな。自分の命に価値がないと思っていた。だから勇者になれば少しでも価値が出るかと、そう思っただけだ」

「そ、そのような考えで……⁉　信じられませんわ」

まるで人外の者でも見るような眼差しを、アリスが送ってくる。ロイドにとっては馴染んだものだったが。

「……あのイヴというドラゴン。それにソフィアという少女は、あなたにとってどんな存在ですの？」

「そうだな。色々あったが、今は家族という認識だ」

「ほ、本当にドラゴン、それも皇帝竜と結婚したんですのね。一体なぜ……」

「その辺りを話すと、少し長くなる。お前が聞きたいなら言うが」

「……いえ。遠慮しておきますわ。でも、彼女たちと一緒に暮らしているということは、魔王を倒した後であなたも人並みに幸せを望むようになったと、そういうことですの？」

「……それは……」

すぐには答えられなかった。

少し前の自分であれば「別にそういうわけではない」と断言できただろう。

だが今は、なにか、本能的な部分で違うと感じていた。

「魔王……お前の父親が死ぬ前のことだ。奴は最期《さいご》にこう言い残した。世界はお前を受け入れない。規格外となったモノを、普通の人間は排除しようとする、と」

「お父様が、そのようなことを……」

「オレは、それも仕方ないと思っていた。人と違う存在になるとはつまるところ、そういうことだ。だがそれでもいい。力を持つことで自分を求める者がいるのなら構わない。そんな風に思っていた」

力を持とうとも、持たなくとも、自分は変わらない。

自身を求める者はいないのだから、受け入れられなかろうが、排除されようが、関係ない。

だが、力があれば己以外の部分で求められるだろう。そうすることで生きていると実感できる。なら、それでもいいかと、そう考えたのだ。

「だが——イヴと出会い、ソフィアを娘とし、彼女たちは自分を受け入れた。彼女たちもまたオレを家族だと呼び、望んでもいないのに色んなことをしてくれる。不思議な連中だ」

食事を作り、身を案じ——贈り物をくれる。

ロイドは首から提げた、四葉の首飾りに手を触れた。

「オレは両親を早くに亡くした。今は身内も居ない。だから家族というものが分からない。……だが、彼女たちと居ればそんな自分も変わることができるのかもしれない。理由は分からないが、今ではそう感じるようにはなった」

彼女たちは、自分の知らないことを教えてくれたのだから。

「変わろうとすることを、幸せというのかどうかは分からない。ただ、もしそうなのであれば——なるほど。オレは、幸せを望んでいるのかもしれない」

「……あの二人を、愛しているんですの？」

また、難しい質問だった。少し考えて、ロイドは答える。

「さぁな」

「さぁなって。愛しているかどうかも分からないんですの？」

「愛、という概念くらいはオレも知っている。が、それを真《しん》に理解していたのは、随分と昔のことなんだろう。今ではもう、忘れてしまった」

両親を失ってから、必要もなく欲せられたことなど、なかったために。

「だが——あの二人ならいつか、思い出させてくれるのかもしれない。こんな、化け物扱いされるオレを、家族として扱ってくれる彼女たちなら」

「…………」

今度は、長い沈黙だった。

アリスは顔を背《そむ》け、唇を尖らせて、眉根を寄せている。

怒っているのでも、悲しんでいるのでも、喜んでいるのでも、呆れているのでもない。

そのどれでもあり、どれでもなかった。

複雑な、顔だ。

「……あ、そう」

やがてアリスは短く答えた。素っ気無い声で。

「参考になりましたわ。その……一晩だけ休むところを借りて、明日、出て行きます。よろしくて？」

「好きにしろ」

ロイドが頷くと、アリスは短く一礼して踵《きびす》を返した。

そのまま屋敷へ続く玄関の扉を開き——一度だけロイドの方を振り向く。

なにか、もの言いたげな顔をしたものの、何も告げずに中へと入って行った。


「アリスさん、本当に行ってしまうの？」

次の日。

屋敷の前で、背を向けるアリスに、ソフィアが尋ねた。

「ええ、世話になったことについては感謝していますが、勇者が居るところになんて、もう一日だって居られませんわ。……というかこっそり出て行こうとしたのに、どうして全員が揃っているんですの」

ちらりと後ろを見るアリスにイヴは不敵に笑う。

「我らに黙って旅立とうなどと、そのような甘い考えは捨てることだな。鼠《ねずみ》一匹の動きも見逃さんわ」

「ええ⁉　この家にネズミさんがいるの⁉　見たいわ、ママ！」

「いや今のは比喩表現でだな……」

好奇心がうずいたのか興奮して「見たいわ！　見たいわ!!」とねだるソフィアをイヴは必死で説得していた。

「本当に妙な家族ですわね……。まあ、もういいですわ。そろそろ出発いたします」

ため息交じりに言って、箱を背負い直すと、アリスは再び前を向く。

「ああ。元気でな」

ロイドが声をかけると彼女は不機嫌そうに返してきた。

「フン。仇にそんなことを言われても少しも嬉しくはありませんわ」

そうしてアリスは踏み出して、歩き始めた。

しばらく去っていく姿を見つめていたロイドたちだったが、やがては顔を見合わせ、彼女に背を向ける。

「残念だわ。アリスさんにこの家へ居てもらうよう、説得しようと思っていたのに……」

ソフィアが悲しそうに零すと、イヴが彼女の頭を撫でた。

「仕方がない。奴が決めたことだ。我らにはどうすることも――」

「……きゃあっ！」

瞬間、背後でアリスの悲鳴が聞こえ、ロイドたちは振り返る。

「やれやれ。こんなところに居たとは、手間をかけさせてくれますね、アリス様」

冷たさに満ちたその声に、ロイドたちは上空を仰いだ。

そこには、昨日会った眼鏡の男がアリスを抱えたままで浮かんでいる。マナを使った飛《ひ》翔《しょう》魔法だろう。

更には彼の後ろに、数十人という集団が控え、同じように浮遊していた。年齢や性別に違いはあるが、皆、耳が尖っている。魔族だ。数が、昨日の比ではない。

「は、放しなさい！　ファイン！」

暴れるアリスを、ファインと呼ばれた男は鼻を鳴らし、容易《たやす》く押さえつけた。

「奴等が元魔王の部下ということか……」

イヴが呟くと、アリスが狼狽《うろた》えたように言う。

「ど、どうしてここが分かったんですの……⁉」

「街の者にアリス様と後ろにいる連中が向かった方を聞きましてね。散開して探し回りました。偶然にも、昨夜アリス様がそこにいる男と話しているところを部下が発見しまして」

「……くっ。わたくしとしたことが……」

失態を恥じるように、アリスが奥歯を噛み締める。

「そこの連中が居ては少々面倒です。申し訳ありませんが、少し我々に付き合って頂きますよ」

言ってファインはマナを展開。

振り返ると――飛翔魔法によって、部下共々、超高速でその場から去っていった。

「不味《まず》い。奴らを追うぞ！　ロイドもついてきてくれ！」

イヴが叫び、高々と跳躍すると、自らの姿をドラゴンへと変える。

ロイドが頷いて、再び降り立った彼女の背に乗ると、ソフィアも続いた。

「ママ、わたしも行くわ。あのヒトたち、アリスさんの大事な物をとろうとしているんでしょう？　なにかあったらと思うと、とっても心配だわ」

「しかしソフィア、敵があの数では戦いになった際、貴様に危険が及ぶかもしれんぞ」

「……ママ！」

短く、しかし、確かな覚悟を込めたソフィアの呼びかけに。

イヴは彼女を見つめ返し、やがて答えた。

「……分かった。来るがいい、我が娘よ」

翼をはためかせ、ロイドたちを乗せたイヴは浮上。

風を切り裂きながら、尋常ならざる速さでファインたちを追った。

「イヴ、このまま北上して五キロ地点で西に折れて二キロ。そこに奴等がいる」

ロイドはマナによって強化した視界で、彼方に居るファインたちを捉えて告げる。

「さすが我が夫。頼りになるな。よし、行くぞ。しっかり摑まっていろ！」

イヴがすかさず、ロイドの指定した地点に向けて飛翔した。

やがて、そう時間をかけることもなく、地上に降り立つファインたちが見えてくる。

拘束から解放されたのか、アリスは街道から外れた遮蔽物のない草原で、一定の距離を持ちながらファインたちと対峙《たいじ》していた。

「さぁ、昨日の続きと参りましょう。後ろの箱を――いえ、魔王様の遺産をお渡しください、アリス様」

催促するように手を伸ばし、指先を動かすファインに、アリスは鼻を鳴らした。

「ふざけないで。これはお父様がわたくしに遺《のこ》したものよ。誰にも譲るつもりはありませんわ」

「おやおや。あれだけ言ったのにまだご理解頂けないようだ。それは確かにアリス様のお父上、魔王様のお造りになったものです。ただ道具というものは使ってこそ意味を成すのです。ですがアリス様は、その鎧をお使いになれないでしょう？」

ファインと呼ばれた男は背後の部下たちを振り返って、口元を歪めた。

「無用の長物。宝の持ち腐れ。ああ、後は――豚に真珠という言葉もありましたねえ？」

途端に爆笑が巻き起こった。ファインを始めとした魔族全員が、アリスを嘲弄し、貶《おとし》めている。そんな意思の伝わる笑い方だった。

「くっ……あなたという人は……！」

悔しそうに、だが反論できないというように、アリスが拳を固く握りしめる。

「待て！　貴様ら！」

が、そこでドラゴンとなったイヴが衝撃と共に降り立ったことにより生じた突風を受けたアリスは、ぎょっとしたように振り返った。

「あ、あなたたち、どうしてここに……!?」

「貴様を助ける為に決まっているだろう。そこの男、ファインと言ったか。よりにもよって我らの目の前で攫《さら》うとは、愚かの極みよ」

人間態になったイヴが睨み付けると、ファインは眼鏡の奥にある目をわずかに見開いた。

「なぜこの場所が……いや、それより、もしやとは思っていたが、まさか本当にドラゴンだったとは。なぜ人間と共にいる？」

「そんなことはいい。アリスを返さなければ、以前よりもっと酷い目に遭うことになるぞ」

歯を剝《む》き出《だ》しに脅迫するイヴに、ファインを始めとする魔族たちは身じろぎ、警戒を示す。だが、

「やめてくださいまし。これはわたくしの問題で、あなたたちには関係がありませんの。手を出さないでくださるかしら」

アリスから制止され、イヴは戸惑いを見せた。

「いやしかし、もし何かあった時、奴ら相手に貴様一人では……」

「そうよ、アリスさん。わたしたちもたすけるわ！」

「――不要だと言っているのです！　仇の家族の助けを借りるなど御免ですわ！」

強い意志を持ったアリスの拒絶に、イヴもソフィアも押されたように黙り込んだ。

「仇……？　一体どういうことです？　アリス様」

ファインが訝しげに尋ねるが、アリスは答えず、ただ彼を睨み付けた。

「……少し気になったんだが」

が、そこで今までずっと沈黙していたロイドが急に発言したため、場は急に静まり返る。

全員の視線が、ロイドへと集まってきた。

「そのアリスが持っている鎧は、確かに彼女には使えないようだ。が、お前たちに使える根拠はあるのか」

「なんでそんなことをてめえに教えなきゃならねえんだよ！」

「引っ込んでなさいよ人間風情が！」

ファインの後ろから罵声が飛んで来るも、彼は片手を上げてそれを抑えこんだ。

「まあ、いい。見たところ、お前たちはアリス様と何らかの関係を持つようだ。彼女が屋敷に居たところを見ると、一宿一飯の恩義もある様子。元部下としてその礼を尽くす為、教えてやらんでもない」

「まあ。アリスさんにひどいことをしようとしている人だけど、親切なところもあるのね。わたしも、気になっていたからうれしいわ」

素直に手を叩き感謝を表明するソフィアに、ファインは少し戸惑う様子を見せた。予想していた反応と違ったからだろう。

「ふん、見たか、我が愛娘《まなむすめ》の素直な反応を。貴様らのようなねじくり曲がって一回元に戻ってまたひん曲がったような神経の奴等にはとても真似できまい」

「状況を考えて娘自慢をしてくださいまし……」

豊満な胸を張ったイヴだったが、呆れたようにアリスに注意され、「う、うむ？　すまない」と引っ込んだ。

「妙な連中だな……。いいか、アリス様の背中にあるのは、【因果の鎧】。身に着けることで周囲のマナを取り込み、強力な物理破壊現象を発動させることができる」

ロイドは昨日、アリスが掌《てのひら》にマナを集中させたことを思い出した。あれが成功していれば、ファインの言うような効果が発揮されたということだろう。

「またそれだけでなくマナを使った障壁を張ることであらゆる攻撃を防ぎ、魔法に至っては即座にマナを分解、変換し、己の力とすることが可能だ」

「それはまた随分と高性能な鎧だな。さすが魔王の鎧ということか」

感心したように頷くイヴだが、その一方でソフィアは不満そうだった。

「むずかしくてよく分からないわ……」

「要するにとんでもなく便利で強くて色んなものを壊すことすらできる鎧、ということだ」

ロイドが嚙み砕いて説明するとようやく把握できたのか、ソフィアは手を合わせた。

「まあ！　それはすばらしいわ！　アリスさんのお父様って、とってもすごいのね」

「……お褒めの言葉として受け取っておきますけれど、なんでしょうねこの脱力感は」

なにやら疲れた顔で言うアリスに、ファインが咳払いした。

「だがその鎧にある唯一の欠点が、動かすだけで大量にマナを消費するということだ。更には使い手のマナが尽きた場合、自動的にその生命力を燃料として変換し稼働を継続しようとする。そのあまりの効率の悪さから、かの魔王様であってさえ扱いに困り、実戦では使わず宝物庫に仕舞っておいたほどだ」

「なんと。……む？　それでは昨日、アリスが攻撃をする前に倒れたのは」

「ああ、既に実証済みだったか。それは話が早い」

イヴの言葉に、ファインは口端《くちのは》を吊《つ》り上《あ》げた。

「そう。アリス様は魔王様の娘でありながら、極端にマナの蓄積量が低い。つまり――因果の鎧など使いこなせるわけがないんだよ」

アリスは目を伏せ、耐えるように下唇を嚙み締めながら――それでも、激しく震え始めた。決して認めたくはない事実を、目の前に突きつけられたかのように。

「扱えないモノであれば我々の手で利用した方が、よほど魔王様もお喜びになるというもの。だからお渡しくださいと再三にわたって言っているのだが、ねえ」

ファインはくつくつと笑いながら、打ちひしがれるアリスに追い打ちをかけた。

「まぁ、魔王の娘ということ以外ではなんの取り柄もない、力も無ければ誰かを惹き付ける魅力もない、ないない尽くしの出来損ないだからこそ、そこに縋るしかないというのは理解できるが」

遥か高みから見下すような目で、冷酷に告げる。

「正直――見苦しいな」

再び、集団の中で笑いが起きた。誰もがアリスを侮っている。蔑んでいる。見放している。アリスは両耳に手を当てて、青ざめたまま、現実を拒否するように首を振った。

それでも、ファインは止まらない。

「我々が従っていたのは魔王様だけ。あなたなんて、その娘でなければ礼儀など払うものですか。魔王様亡き今、どこにでもいるような小娘に過ぎないんですよ」

「……めなさい……」

「それが何を勘違いしたのか、鎧を寄越せと要求すれば、わたくしを誰だと思っているのですと返してくる始末。誰だと思っているって、決まっているでしょう」

「……やめ、なさい……」

拒絶するように声を絞り出すアリスを前に――酷薄な笑みを浮かべたままで、ファインは吐き捨てた。

「無能な大馬鹿野郎ですよ、あなたは」

「やめなさいって、そう言っているでしょうッ‼」

アリスは箱を下ろして、蓋に手をかざした。

「おい、アリス、無茶だ。我らに任せておけ！」

イヴが呼びかけるのに、彼女は金切り声を上げげた。

「ふざけないでくださいまし！　言ったでしょう⁉　これはわたくしの……わたくしが一人で成すべきことです！」

「しかし……！」

「やらせてやれ、イヴ」

アリスの制止を構わず動き出そうとするイヴの肩に、ロイドは手を置いた。

「仮にオレたちが助けたところであいつは喜ばん。それを望んでいないのだからな」

「で、でも、パパ、アリスさんはあの鎧を使えないんでしょう？」

不安げに尋ねるソフィアにも、無表情で答える。

「それでもやるしかないんだろう。あいつは――魔王の娘だからな」

生まれついての宿命、というやつだろう。

ロイドにはロイドの、イヴにはイヴの、ソフィアにはソフィアの。

それぞれに譲れない信条があるように、アリスの今の選択もまたそうなのだ。

「無駄な抵抗、というやつですか。いいでしょう。お相手致しましょう？　アリス様」

言ってファインは手を掲げ——大量のマナを放出した。

彼に従うよう、次々と部下たちもマナを身に纏っていく。

「展開・因果解放・装着！」

アリスの命に従って箱の蓋が開き、マナの光を伴った鎧が飛びだした。全ての装具がアリスの体の各所へと嵌まっていく。

ロイドはイヴたちと共に、巻き添えを喰らわないように距離をとった。

「万物・流転・岩雪崩」

瞬間、ファインがマナから岩石の塊を造り出し放つ。彼に続いて他の魔族たちも様々な呪文を唱えては、魔法を発動した。

唸る炎、吹き荒《ふすさ》ぶ風、打ち付ける水流、激しく嘶《いなな》く雷。

それぞれが群集と化して、アリスに殺到した。

が——そのいずれもが、彼女の目の前で押し留《とど》められる。

アリスの身に着けた鎧によって展開された青白い障壁が、強烈な音を立てながら、全てを受け止めている。

「ほう。さすが魔王様の造られた鎧。聞いてはいましたが、本当にこれだけの量の魔法を防ぐとは」

感心したように零すファインに、鎧に包まれたアリスは、低い笑いを漏らした。

「それだけでは、ありませんわよッ！」

手を障壁に当てながら、アリスが高々と叫ぶ。

ばづんっ、という鼓膜を打ち破るかのような巨大な異音と共に、停止していた魔法の全てが弾《はじ》け、マナとなった後、再構成。巨大な、光り輝く球体と化した。

（なるほどな。あれが『相手の魔法を自分の力にする』という効果か）

アリスが掌から発動させようとしたものと同じ、魔法のように自然現象に転換しない、マナによる単純な破壊現象の構築といったところだろう。

そう、ロイドが分析しているうちに――球体は、弾かれるようにしてファインたちの方へと向かう。彼らは即座に反応し、マナによる壁を造り防御した。

ファインたちが生んだ障壁にぶつかると、球体が轟音《ごうおん》と共に破裂する。

それは爆発的衝撃となって広がり、波動を広げ、大量の砂埃《すなぼこり》を舞い上げた。

「これは……実際に目にすると、いささか驚嘆しますね」

ファインが呟き、風が吹き、砂煙が取り払われた後で、彼は再び魔法を展開させた。

背後の部下たちも続き、ほぼ同時にそれを解き放つ。

「何度やっても無駄ですわ！」

勝ち誇ったように言うアリス。

「さて……果たして、どうですかね？」

だが、ファインが含むようにして告げ──その意味は、すぐさま判明した。

魔法は因果の鎧が造り上げた障壁を前に先ほどと同じく、前進を阻まれる。

ただし、持ったのは一秒足らず。

初めは小さな音だった。しかしやがて、それは大きく鳴り始め、それと共にある結果をもたらす。

壁に──亀裂が走っていた。

「なっ……！」

「先程私が言ったことを忘れたのですか？　アリス様。あなたのマナではその鎧は使いこなせない」

ファインがせせら笑う間にも、刻まれた罅《ひび》は瞬く間に増え続け、互いが互いに繋がり合い大きく広がっていく。そして──。

「限界など、すぐに、くる」

派手な音を立てて、無惨に砕け散った。

「きゃあ──っ！」

阻むもののない魔法が容赦なく、苛烈に、アリスを直撃する。

爆音が轟《とどろ》き黒煙が天へと立ち昇った。イヴの吐く炎もかくやという勢いだ。

そうして——しばらくし、煙が晴れたそこには、アリスが居た。

だが、彼女は地面に膝を突き、そのまま倒れ込む。

鎧のおかげで致命傷は避けられたようだが、強い衝撃を受けた上、マナが尽きてしまったのだろう。

絶えずつく荒い息だけが、微動だにしない彼女の唯一の生存反応だった。

「身を以《もっ》て知らなければ理解できないとは、実に嘆かわしい」

見下しを通り越し、哀れにすら思っているような眼差しで、ファインが首を振る。

「無能な上に物分かりが悪い。まったく、救いようがないヒトですよ、あなたは」

くつくつと笑いを漏らす彼の後ろで、魔族たちが再びどっと沸いた。

悪意が驟雨《しゅうう》のようにして降り注《そそ》ぐ中、アリスは反論をすることすらできない。

ただ無様に這《は》い蹲《つくば》り、屈辱を味わうだけだ。

「……くっ……」

やがて鎧の内側から、小さな声が聞こえた。

それはやがて、引きつるようなものへと変わり、嗚咽をも伴う。

あの誇り高いアリスが、公衆の面前で泣き始めていた。

悔しさに。己の無力さに。恥ずかしさに。父親への申し訳なさに。

恥も外聞もなく、ただ、幼子のように慟哭《どうこく》する。

「おやおや、可哀想《かわいそう》に。まあお気持ちはお察ししますよ、アリス様。お父様を亡くし、自分にはなんの力もなく、味方は誰一人としていない」

眼鏡の蔓を押し上げて、ファインは言葉とは裏腹に、冷酷な笑みを浮かべたまま言った。

「あなたはどうしようもなく、孤独だ。他人にも、自分自身の血にすら裏切られた。本当にもう、言葉では言い表せないほどに——滑稽だ」

「貴様、いい加減にしろ！」

イヴが前に出た。怒りを露《あらわ》に眉を吊り上げる。

「仮にもかつて仕えた主の娘だろう。気に入らないにしても言い方というものがあるはずだ！」

「部外者は黙っていてもらおう。これは私たちとアリス様の問題だ」

「だって、ひどいわ！　これ以上アリスさんをいじめないで！　わたしゆるさないから！」

ソフィアが抗議するように言って、マナを発動させた。青白い粒子が、竜巻のようにして天へと立ち昇る。

「……これは。幼子とは思えない凄《すさ》まじい魔力量ですね。何者ですか……？」

ファインを始めとする魔族たちは動揺するようにざわめいたが、

「やめろ、ソフィア」

ロイドは、今にも魔法を発動しようとするソフィアを止めた。

「で、でもパパ、このままじゃアリスさんが」

「同じことを言わせるな。オレたちが手を貸したところでアリスは喜ばない」

淡々と説き伏せるロイドにソフィアは、「でも、でも……」としばらくごねていたが、じっと見つめられていると、やがては渋々と頷き、マナを消した。

「そう。ソフィア、アリスは我らの手は借りぬと言ったのだ。ならば我らが直接助けに入っては、彼女の矜持《きょうじ》を傷つけることになる。そうだな、ロイド」

イヴが呟くように言って、ロイドを見つめてくる。

「……そうだな」

彼女の言葉を、ロイドは己の内で反芻《はんすう》した。

そのうちに、ファインはどこかほっとしたように息をついて口を開く。

(直接助けに入っては、か……)

「やれやれ。少々面倒なことになるかと思ったが、賢明な判断だ。良き父親だな」

「………」

そんな彼に対し、ロイドはしばらく黙り込んでいた。

だが、やがて、静かな口調で告げる。

「お前。何やら勝ったつもりになっているようだが、まだ勝負はついていないぞ」

「はあ？　お前の目は節穴か。どこからどう見てもアリス様はもう戦えない」

「ほう。……そうか？」

ロイドは意識を集中した。全身から大量のマナが放出される。

腕を振るとそれは波のようにして前方へ移動し――。

そのまま、アリスの鎧へと吸い込まれていった。

「……え……？」

アリスが違和感を覚えたような声を出す。

「な、なんですの、これ。急に体の力が……あれ……？」

次いで、彼女は地面に手を突くと、簡単に立ち上がった。

ファインを始めとした魔族たちがどよめく。

「あ、あなた！　今、なにかしましたか⁉」

振り返ったアリスに追及されて、ロイドは嘯《うそぶ》く。

「オレは何もしてない。家族に万が一のことがないよう、マナによる頑丈な障壁を張ろうとしただけだ。だが鎧が反応して、マナを吸い取ったんだろう」

「そんな……他人が一旦取り込んだマナを吸収する機能までは、この鎧には備わっておりませんわ。あなたが意図的に付与したのでしょう⁉」

「さてな。オレは何も知らない」

淡々とした口調で、それでもとぼけ続けるロイドを、イヴがじっと見つめてきた。

「ロイド、貴様……」

何か確かめたいことがあるような顔をしていたが――それ以上は何も言わず、彼女はアリスの方を向く。

「なるほど。我が夫が何もしていないのであれば……己では扱いきれない鎧を、それでも強引に使おうとするアリス、貴様の覚悟が起こした、これは奇跡なのかもしれないな」

「き、奇跡？　馬鹿な、そんなことが起こるはず……！」

イヴの言葉に反論しかけるアリス。だが、

「四の五の言っている場合か。せっかくの機会を逃してはもったいないと思うぞ」

そうイヴから指摘されると、ぐっと押し黙る。

「……その男には後で問い質しますわ。ご覚悟なさい」

やがてアリスは仕方なさそうに告げると、振り向いて、ファインたちと改めて向き直った。

「……どういう心境の変化だ。貴様が、望まれてもいないのに人を助けるとは」

イヴが、ぼそりとロイドに呟く。

「なんのことだ？」

「誤魔化すのには無理があるぞ。先程の行動は我の言葉を受けてのことだろう」

「……。そうだな。が、オレにも分からん」

ロイドは、正直な気持ちをそのまま伝えた。

「ただ、あの時はああすべきだ、とそう思ったんだ。アリスが願おうと願うまいと、な」

違和感はあった。少なくとも、イヴたちと出会う前はなかった衝動だからだ。

「心境の変化、と言ったな。イヴ……オレは、変わり始めているのか？」

「……さてな」

ロイドの問いかけに、イヴは間を空けた後、肩を竦めた。

「新しいものを手に入れたのか、あるいは、取り戻しかけているのか——。それは、貴様が決めることだ」

「どういうことだ？」

眉を顰めるロイドに、しかし、イヴが答えてくれることはない。

尚も尋ねようとしたが——その瞬間、激しい衝撃音が鳴り響く。

ロイドが視線を前方に移すと、ファインたちの放った魔法を、アリスが再び展開した鎧の障壁で防いでいるところだった。

「怯むな！　なにが起こったかは分からないが、扱っている者が同じ無能であるのは変わらない。このまま続けるぞ、お前たち！」

ファインが四度目となる魔法を放ち、他の者たちもそれに倣う。

大気を打ち砕きながら無数の自然現象が、アリスへと迫った。

しかし、いずれも彼女が手をかざすだけで防がれてしまう。

「構うな！　数で押せ！　いずれマナも尽きる！」

立て続けにファインが魔法を唱え、魔族たちもまた続いた。間断なく攻撃は牙を剝《む》き、次々と因果の鎧が造り上げた壁へと喰らいついていく。

だが、最初こそ泰然と構えていたファインたちも、しばらくすると顔色を変え始めた。

一向に障壁が破壊されないのだ。既に何十という魔法を止めているにもかかわらず、依然として因果の鎧は稼働し続けていた。

「ど、どういうことだ！　あの男のマナのせいか⁉　しかしこれほどの魔法を継続して防ぐことなど……！」

驚いていたのは、ファインだけではない。アリスも同様だった。

「な、なんですの、この性能は。お父様が試験的に活用していた際に見ていた時も、これほどの力を発揮したことなど……！」

「おい。ぼうっとしている場合か。そろそろ反撃に転じてはどうだ」

だがイヴの助言に、彼女ははたと目をしばたたかせる。

「わ、分かっていますわ！　あなたに言われずとも！」

アリスが手をかざすと、前へ前へと押し進んでいた魔法が、不意に動きを止めた。

何かが起こる予兆であるかのように。

「……ま、待て。それだけの量、さすがに私たちとて……！」

ファインは先ほどと打って変わって、明らかな動揺を見せる。近い将来、自らの身に降りかかることを悟ったかのように。

「今までの数々の非礼。それに見合う罰を味わいなさい」

先ほどと完全に形勢が逆転していた。アリスが壮絶な笑い声を上げ、ファインたちがはっきりとした怯えを示す。

「――ぶちかましますわよ！」

宣言と共に、魔法がマナへと分解され、再び集結した。

溜めに溜め込んだ全ての攻撃が一塊と化し、巨大な破壊の球体と化す。

それはそのままアリスの怒りを乗せるかのように――激しく唸って、ファインたちに向かった。

「ああああああああああああああああああああひあああああああああああああ！」

怜悧な相貌からは想像もできないような情けない悲鳴を上げて、ファインと、その部下である魔族たちは、纏めて爆発炎上した。

後に残されたのは、広範囲に亘《わた》って陥没した穴と、その中心で倒れる魔族たちだ。

ファインだけは障壁がある程度は保ったのか、他の者たちよりはマシのようだった。服がボロボロになり、片膝をついているものの、まだ戦意は失っていない。

「お、おのれ……おのれ、小娘があああああああああ！」

怨嗟《えんさ》の叫びと共に立ち上がると、マナを発動した。

「見苦しいですわよ、あなた」

が、アリスが再び手を突き出したところで、「ひいっ！」と怯えた様子で腰を落とす。

彼女がファインに向けた掌の中心に、マナの粒子が収束していき――。

それは、刹那的な速度で連続して放たれた。

巨大な光条がいくつも大気を打ち砕きながらひた走り、いずれもファインの真横を通り過ぎると、遥か遠くにある木々を直撃する。

その全ては瞬間的に熱波を膨れ上がらせ、大地を容易《たやす》く削り、広く崩壊させた。

「……まだやるというのなら、お相手しますわよ？」

大規模破壊攻撃を終えたアリスが、軽い調子で問いかけた。

「ひっ……」

ファインは、血の気の引いた顔で、一歩、また一歩とよろめきながら下がっていく。

そして、

「ひいいいいいいいいいいいいいいいいいいいい！」

アリスに背を向けると、泡を食ったようにその場から逃げ出した。

「ああ！　ま、待って下さい、ファイン様あああああ！」

その様子を見て、まだ意識のある魔族たちも揃って彼を追いかけていく。

「……なんとも。相手が自分たちより上だと知ると途端にこのザマか。こうなると最早、怒りすら湧いてこんな」

イヴが、苦笑気味に零した。

アリスはしばらくの間、小さくなっていた魔族たちの姿を見つめていたが、やがてはロイドたちの方を振り向いた。

「良かったわね、アリスさん！　あの人たち、逃げていったわ。これでもう、大丈夫よね？」

ソフィアの確認にイヴは鷹揚《おうよう》に頷く。

「まあ、あの様子では問題ないだろう。少なくとも何らかの手を思いつきでもしない限りはアリスに近付きもしまい」

「……そうですわね」

応じながらも、アリスの様子は不自然だった。追っ手を退けた割には、少しも嬉しそうではない。

「これでお前は自由だ。どこにでも行くといい」

ロイドが声をかけると、彼女は、再び顎を引いた。——そして。

「ええ、そうしますわ。重要な目的を、果たしてからですけれど」

武骨な籠手に包まれた掌を、ロイドへと向ける。

「お、おい、なんのつもりだ？」

イヴがぎょっとして前に立とうとするのを、ロイドは肩を摑んで止めた。

「忘れていませんこと。勇者ロイド。あなたはわたくしの仇でしてよ。この鎧が稼働できるのであれば、あなたであっても、命を奪うことはできるでしょう」

「……なるほどな」

「憐憫《れんびん》の情か何かは知りませんが、敵に力を与えたこと、後悔するといいですわ！」

マナの光が、アリスの突き出した掌の中心に、次々と集まっていく。

「やめて、アリスさん！」

ソフィアの訴えも、アリスには届かなかった。彼女は無言で力を発動する準備を続ける。まるで魔王の意志が、その鎧に乗り移っているかのように。

ロイドは黙然と自らを殺《あや》めようとする者の姿を見つめていたが、やがて告げた。

「好きにするといい」

「パパ⁉　なにを言ってるの⁉　そんなのダメよ！」

しがみついてくるソフィアを無理やりに引き剝がして、ロイドは続けた。

「復讐《ふくしゅう》したいならそうしろ。オレは手を出さない。防御もしない」

「……どういうことですの？」

あまりにもあっさりとした対応をしたからか、アリスが戸惑うように問いを投げかけてくる。

「オレは魔王を殺した。自分が生きる意味を、価値を果たす為に。だったらお前がそうしたいということに、文句を挟む筋合いはない」

それがアリスにとって、生きる意味であり、価値であるならば。

「オレはオレの行動によって生まれた責任をとり、義務を果たす。やれ。——お前が父親から受け継いだ、力で」

アリスは何も言わなかった。

だが、まるでその動作が答えだというように、片足を下げ、左手で右腕を支える。

攻撃の反動を抑えこみ、確実に目標を捉えられるように。

「イヴ、ソフィア、離れていろ」

ロイドが指示をすると、アリスは頷いた。

「そうですわね。イヴさんとソフィアさんは関係ありませんわ。攻撃の巻き添えを喰らわないように、その男から距離をとって……」

「——ふざけるな!!」

が、彼女の言葉は、空を割らんばかりに放たれたイヴの怒声に遮《さえぎ》られた。

「ロイドも貴様も勝手な事ばかり……自分たちだけで完結させるな！」

イヴはロイドの前に立ち、両手を広げた。大規模破壊をもたらす力を前に、それでも堂々と胸を張る。

「ロイドは殺させぬ。我が身を以て、全身全霊で貴様の攻撃を防いでみせる！」

「おい、イヴ。これはオレの問題だ。お前には関係が」

「オレの問題だと⁉　嘗めるなよ。これは、我の、ソフィアの――家族の問題だ！」

断言したイヴの隣に、また一人、並んだ。

「そうよ、パパ。死ぬのはだめ。ぜったいにだめよ……！　ずっと一緒に居てくれるって、そう言ったじゃない！　アリスさんも、パパにひどいことをしないで！」

ソフィアが幼く愛らしい顔を、それでも精一杯に険しく変えて、アリスを睨み付けた。

思ってもみない展開を前にロイドが困惑していると、イヴに鋭い眼差しで睨まれる。

「いい加減に自覚しろ、この唐変木が。貴様はもはや、独りではないのだ。勝手な判断で死ねるなどと思うなよ。そんなこと、我が、娘が許さん！」

「ママの言う通りよ。わ、わたし、怒るんだから。パパが約束を破って死んじゃったら、とっても、とっても、すごーく、怒るんだからっ‼　だから、死なないで！」

前を向いたまま、感情を露にし、悲痛なまでの叫びを上げるソフィア。

「……お前たち……」

なぜ、そこまでするのか。ロイドは理解できなかった。

確かにイヴは妻だ。ソフィアは娘だ。世間一般で言うところの、自分たちは家族だ。

しかし、血の繋がりなどはない。長い間、共に居たわけでもない。

便宜上、そうなっているだけの関係ではないのか。

それなのにどうして、危うい目に遭うことを承知で、ロイドを守ろうとするのか。

「単純な話だ、ロイド。かつて他のドラゴンや人間たちと暮らしていた頃、我が彼らに対して抱いていた想いと同じ」

イヴは言った。ロイドの心中を、はっきりと見抜いているかのように。

「ソフィアも我も、貴様が好きだ。故に失いたくない。……ただ、それだけなんだよ」

ロイドは戸惑った。その言葉が持つ重さに。

血の繋がった家族もいない。大切にしているものもいない。生きていく目的もない。

力以外、なにも持たない自分に、イヴやソフィアはそこまでの感情を持っているというのか。

「……何故《なぜ》だ」

だがロイド自身、妙な感慨があった。

必死に自分を守ってくれているイヴとソフィアの背を見ていると、不可思議な感情に捉われる。何かに包み込まれるような。何かを包み込んでやりたくなるような。

相反し、それでも同一化しているような気持ちが生まれてくるように感じた。

それは、いまだ明確な形をなしてはいなかったが――。

「……どうして、ですの……」

やがて、アリスが呟いた。

力無き、か細い声で。

「どうして……あなたが、誰かに愛されているんですの」

悲嘆に暮れた声で。理不尽さに咽《むせ》ぶようにして。

「お父様を殺したあなたが、どうしてそんなにも、誰かに大切にされているんですの」

強固な鎧を身に纏っていながらも、震え、弱々しくありながら。

「責任とか。義務とか。どうして、そんなにも、まっとうなんですの……！」

アリスは、強く叫んだ。

やがて――彼女の掌の中心で収束していたマナの輝きが、徐々に、小さくなっていく。

「もっと、残虐非道で居て欲しかった」

やがて音もなく、それは完全に消え去ってしまう。

「もっと人でなしで、冷酷で、殺したってなんとも思わないような、そんな人で居て欲しかった」

激しい音が鳴った。アリスが崩れ落ちるようにして膝をついたのだ。やがてその身から因果の鎧が離れ、全ては箱の中へと戻っていく。

彼女は双眸《そうぼう》から涙を流しながら、両手で顔を覆い、滔々《とうとう》と語り始めた。

「あなたはわたくしの、世界で一番大切な人を奪った。わたくしは独りぼっちになった。だからあなたが憎かった。憎くて憎くて、たまらなかった」

心から、世の理不尽さを呪い、嘆くように。

「だけど……わたくしは……知っていますわ。家族を奪われることの悲しさを。絶望を。遣《や》る瀬《せ》無《な》さを。そんな、わたくしが……」

アリスは、叫んだ。

「わたくしが、あなたを殺せるはずが、ないではありませんか……ッ！」

どう声をかければいいか、見当もつかなかった。

ロイドは無言のままで、俯き、号泣するアリスを見つめる。

考えた。考えて、考えて、考え続けた。

そうして、ようやく、彼女に声をかける。

「なら」

正しいのかは分からない。それでも、想った言葉を、率直に。

「なら、オレの傍にいろ」

「……え……？」

泣き腫らした目で見上げてくるアリスに、ロイドは頷く。

「お前の父親が与えるはずだったものを――大切な誰かと生きる、幸せというものを。

オレが……いや」

そこでロイドはイヴやソフィアを見た。彼女たちが物言わずとも同意するように頷くのを確認し、アリスへと向き直る。

「オレと家族がお前に与え続ける。その為に」

「なにを、言っているんですの。そんなことができるはずありませんわ！」

「できる。初めは何の関係も無い他人だったイヴや、ソフィアが、今、こうしてオレの為に命を張ってくれている。それがもし、愛情だとするのなら……お前にだってきっと、感じるようになれる」

「し、信じられませんわ。あるはずがありませんわ、そんなこと‼」

立ち上がり、激しく拒絶するように手を振るアリス。

そんな彼女に、ロイドは続けた。

「もしそれでもオレへの憎しみが消えないのであれば、その時は出て行けばいい。オレは止めない。……ただ試してみればいい。父親を亡くし、頼る者もなく、どこにも行くところがないのであれば、ここをお前の居場所にしろ」

アリスへと近づき、真っ向から、その目を見つめ返しながら。

「オレには――お前を、父親の分まで幸せにする責任があるのだから」

彼女は、はじめ、ロイドを睨み付けていた。

何よりも強く、誰よりも激しく。

だが、やがて、そこに揺らぎが生じた。

瞳の奥へ確かにあった、憎しみの炎が少しずつ鎮まり始め、やがては消えていく。

再び顔を伏せ、拳を握り締めていたアリスは、やがて呟いた。

「この屋敷に居た時……久し振りに誰かと一緒に居て、本当に楽しかったですわ」

思い出すように、目を伏せて。

「凍えるような外で痛みを覚える地面に寝転がるより、ふかふかのベッドで眠るのが嬉しかった。皆と席を共にした、温かな食事が美味しかったですわ。お父様が生きていた頃にはなんでもないことだと思っていたのに、全てが懐かしくて愛おしくて、たまらなくなったんですの。だから、出て行こうとしたということもあります。このまま居れば、そのせいで、あなたへの憎しみも消えてしまうのではないかと」

アリスはロイドを仰ぎ、切なげに訴えかけてくる。

「あなたは——これからもそれを与え続けられるというんですの？　魔王の娘に。世界を支配しようとした敵の血を継ぐ者に。あなたを誰よりも憎む相手に！」

生半可な答えは許されない。そんな空気が、漂っていた。

だが、ロイドは気にしない。初めからそうだ。

誰かがそうしたいと、そうあれと願うのであれば、応えるだけだ。

「約束する。同じものではないかもしれない。だが――お前が望む幸せを、お前が望む分だけ」

アリスは、体を竦ませ、目を見開いた。

間もなく、そこから――再び涙が、零れ落ちる。

慌てたようにして、目元を必死で拭う彼女を、イヴが近寄って抱きしめた。

ソフィアもまた、同じように、両手いっぱいにしがみつく。

――こうして。

アリスは。魔王の娘は。世界の敵の血統者は。

勇者ロイドの、新しい家族となった。

……ディルグランド王は、苛立《いらだ》ちを隠そうともしていなかった。

玉座の肘掛けを何度も指先で叩き、五分に一度は舌打ちをする。

「……皇帝竜も、災厄の魔女も、あのロイドを殺すどころか、その家族になった。その上にまた増えただと⁉」

宰相は、遠慮なく浴びせられる怒声を前にすくみあがった。

「は、はい。その通りで御座います。また、その、監視役からの報告によりますと、どうやら、魔族の娘がまた一人加わったと……」

「魔族の娘だと⁉　あの男、ドラゴンや犯罪者の娘だけでなく、敵まで取り込んだというのか⁉」

　唾を飛ばしながらぶつけられる憤りに、宰相はただ耐えることしかできない。

「くそ……このままでは不味い。奴を排除するどころか、日に日に戦力が増しておるではないか‼」

「は、はあ。仰る通りで。どうすれば良いのか他の者とも話し合いましたが、見当がつかず……」

「役立たずどもが‼　あの男に匹敵するようなものはまだ見つからんのか⁉」

「ひ、必死に探しておりますが、さすがに、難しく」

「……くっ。そうだな。あの魔王ですら敗れた相手だ。さすがにそう簡単には……」

が、そこで、王は何かを思いついたような顔をした。

「……待てよ。匹敵する者、か。いるではないか」

「え？　ど、どこにでしょう？」

「どこでもない。――この城の地下だ」

その言葉だけで何を指しているか、宰相は察した。

　故にこそ、大いに慌てる。

「しょ、正気で御座いますか、王よ！　まさかあの男を使うつもりでは⁉」

が、王は既に乗り気のようだった。玉座から立ち上がると、手を叩く。

「そうだ、そうだ。あの男だ。ロイドを制することができるのは、あの男をおいて他にあるまい！　奴を刺客として放ち、ロイドの屋敷を襲わせるのだ。こちらの指示だと思われぬよう、勝手に脱獄して向かったただのなんだの、理由は適当にでっち上げればいい」

「確かにディルグランド内において、ロイドに対抗できるのは奴くらいなものです。ただ、その……それでも勝てるかどうか。報告によると、能力的にはいささか劣るところがあるとのことですが」

「実際にぶつけ合わなければ分からんだろう。それに、奴には今、弱点がある」

「弱点……もしや、共に暮らしている者たちのことでしょうか」

宰相の言葉に、王はその通りだと、口元を歪めた。

「ロイドではなく、そやつらが相手であればどうだ？」

「奴の力で、十分に凌駕《りょうが》できますな」

「ああ。そして『家族』が狙われ、守ろうとすれば、隙《すき》が生じるだろう。そこを突けば良い。なにも、真正面からあの化け物と戦う必要はないのだ」

「……なるほど。道理でございますな。ですが、あの男が他人の為に動くことなどあるのでしょうか？」

「今までの奴であれば、ありえない話ではあっただろう。だが実際に今、あの男は自分以外の者と暮らしている。ならば、それだけの理由があるとは思わぬか」

「事情は不明ながら、奴にとって家族は容易に失いたくない存在であるはずだ、と？　可能性はありますな。だとすれば上手くいくかもしれませぬ」

納得したように頷き、しかし、宰相はそこで苦い顔を作る。

「ただ、あの人物はいささか扱いが……」

「ふん。随分と長く牢《ろう》に入れ、幾度にも亘って懲罰を下した。いい加減、己の愚かさを悟った頃だろう。今なら大人しく従うに違いない」

宰相に指を突きつけ、王は命じた。

「さぁ——連れて来い！　あの男の手で、ロイドを今度こそ葬《ほうむ》るのだ‼」

# 第四章　過去の男

何日。何十日。何カ月。何年経《た》っただろうか。

少年には、ついぞ分からないことだった。時間の感覚など、とうに失《う》せている。

時を有限だと思えるのは、今この瞬間を生きる者の特権だ。

何もなく。何もせず。何も考えず。

ただ過ぎ行く流れに身を任せている者にとっては、無限に等しい。

となれば自分は今、死んでいるのだろう。

生きながらにして死の世界に居るのだ。

それならそれで、構わない。

いや、構うとか、構わないとか、そんな段階ですらなくなってしまった。

あらゆる感覚、あらゆる情動が、消《き》え失《う》せてしまった。

今ではただ虚《うつ》ろに天井《てんじょう》を見上げることだけが、いつか訪れる本当に終わりに対してできる全てである。

——そのはずだった。

「おい」

久方ぶりに声を聞いた。少年よりは上だが、まだ年若い男。看守。牢獄《ろうごく》に閉じ込められた者を監視し、余計な真似《まね》をしないか常に目を配る立場。

もっとも最近は自分がろくに動きもしないため、暇そうに欠伸《あくび》を噛《か》み殺《ころ》してはいたが。

「――出ろ。釈放だ」

一瞬。彼がなにを言っているか、理解できなかった。

しゃくほう。自らの中で、言葉が意味をなして浮かんでこない。

少年は緩慢な動きで首を動かし、看守と目を合わせた。

彼は反応の鈍いのを苛立《いらだ》つように舌打ちして、続ける。

「立て。お前にやってもらうことがある。牢《ろう》を出ろ」

「……。いいん、ですか？」

掠《かす》れたような、頼りの無い声が出た。それでも、ああ、まだ喋《しゃべ》ることができるのだと、妙に嬉《うれ》しく思う。長らく会話などしたことがなかったため、声帯の機能が失われてしまったのではないかと思っていたところだ。

「ああ。王から許可が出た」

おう。オウ。王。そうだ。この国を治める人間だ。

「……王……」

ようやく。錆《さ》びついていた脳が、軋《きし》みながら、再起動を始めた。幻影のように薄れかけていた記憶が、少しずつ蘇《よみがえ》ってくる。

「さっさとしろ。カイン」

そう。自分の名前はカインだ。そんなことすら忘れかけていた。

「……はい」

カインは、下半身に力を込める。良かった。まだ動く。ほっとしながら、壁に手をついて、どうにか立ち上がった。

体の芯、というものがあるのならば、それが今にも折れそうになっているかのようだ。足を踏み出す度に体がぐらついて、倒れそうになる。

じゃら、という鈍い音が鳴った。視線を落とすと、両足首に頑丈そうな鉄の輪が嵌《は》められている。そこから鎖が伸びて、鉄球へと繫《つな》がっていた。逃げられないようにするためだろう。

それまで感覚が鈍っていたために気づかなかったが、両手首にも同じものがあった。ただしこちらは、中央に宝玉のような、綺麗《きれい》な色の石が埋め込まれている。

「あの……やってもらうこと、とは？」

牢屋《ろうや》を出たところで看守に尋ねると、彼は顎《あご》を軽く反《そ》らした。向こうを見ろということだろうと、視線を奥へと向ける。

そこには、白銀の甲冑《かっちゅう》に身を包んだ武骨な男が立っていた。こういう格好をする人間は、と思い出す。そう。騎士だ。

「カイン。お前にはある男を殺してもらいたい」

騎士は近づいてくると、カインの腕輪に手をかけた。

「ある男……？」

「ロイド＝ブランク。お前も『あの計画』に参加していたのであれば聞いたことくらいはあるだろう。勇者と呼ばれた人間だ」

「……ロイド……」

言われた名を口の中で転がす。なんだろう。頭の中で響きが引っかかる。まるで地平線の彼方《かなた》に聳《そび》える虚像のような。

確かに何かがあるというのに、その正体を、完全に捉えることができなかった。ロイド。ロイド。ロイド。何度も同じ名が脳裏で回る。

「……あの。差し出がましいことを申し上げるようですが。本当にこの男を解放して大丈夫なのでしょうか？」

そこで看守が、恐る恐るといった口調で騎士に問うた。

「どういうことだ」

「いえ。確かに最初に比べればこの男は随分と大人しくなりました。ですが、それでも……この拘束具をもし外せば、途端にマナを解放し、暴れ始めるのでは？」

「お前、王のご判断を疑うつもりか？」

「そ、そんな！　滅相もありません！」

返答如何《いかん》によってはタダではおかない。そんな眼差《まなざ》しを向けられて看守は姿勢を正した。

「……まあ、確かにこいつは牢獄に入れられるまで、実に反抗的だった。マナの発動を抑制するこの道具がなければ、手に負えなかっただろう」

言いながら、騎士が空《あ》いた手で懐から小さな鍵を取り出した。

「だが、見ろ、今のこいつの顔を。反逆どころか自分の意志さえ持っていない。何度も痛めつけて思考能力を奪ったんだ。心配はいらん」

なあ？　と、騎士がカインに呼びかけてきた。

「こっちの命令に従うなら、お前にある程度の自由を与えてやる。目的を果たした後はまた拘束具をつけるが、もう牢屋には入れない。温かなベッドで寝て、美味《うま》い飯が食えるんだ。文句はないだろう？」

「……はい」

ほぼほぼ反射的に、カインは答える。

今の自分にはそんなことより、ロイドという名の人物の方が重要だった。

確かとても、大事な存在だった気がするのだが――。

「ほうら見ろ。余計な心配なんだよ」

軽い音が鳴った。同時に、カインは己の腕が軽くなるのを感じる。

鉄の輪――騎士や看守の言葉に倣うなら拘束具が外れたのだ。

次いで、脚の方も外されて、驚くほどの解放感が訪れた。

「さぁ、もう力を発揮できるぞ。場所を教えてやるから行って来い」

騎士がカインの肩に手を置いて、気軽な調子で告げる。

「勇者……いや、殲滅者《せんめつ》ロイド＝ブランクを、同じ力を持つお前が――殺せ」

瞬間。雷が落ちたように、カインの体は震えた。

更には真っ白になった頭に、様々な絵が去来する。

ロイド。ロイド。ロイド。ロイド。ロイド。

「殲滅者ロイド……」

そうだ。なぜ忘れていたのか。彼だけではない。あらゆることを。

屈辱を。恥辱を。憤怒《ふんぬ》を。憎悪を。――渇望を。

今、完全に、思い出した。

「……ロイド、兄さん……」

カインは、糸が切れたように俯《うつむ》く。ああ。懐かしい。とても懐かしい。

「……？　おい、どうした？」

急に微動だにしなくなったカインを不審がる騎士が、軽く体を突いた。

「しっかりしろ。お前など、こんな時にしか役に立たないんだからな」

低い。低い声が、漏れた。

意識していたわけではない。こみ上げてくる感情に身を委ねていたら、自然に出ていたのだ。低い——歓喜の、笑いが。

「な、なにがおかしい⁉」

ぎょっとする騎士と看守にカインは顔を向けた。

久し振りに表情を動かしたためか、筋肉が引きつる。

「ありがとう。危うく、忘れるところだったよ」

「……なに？」

満面の笑みを浮かべたままで、カインは告げた。

「——あんたたちがドクズだったってことをね」

意識を集中。できる。まだ忘れていない。

カインは、爆発的な勢いでマナを放出させた。

「お、おい、お前⁉　なにをするつもりだ⁉」

「気にしないでいい。一瞬で終わる」

なにせこんなところにいつまでもかかずらっている暇はない。

せっかく取り戻した真の自由。無駄にするわけにはいかない。

「死ねよ、クズども」

カインは、時間が有限であることを、思い出した。


「どうしてそんなことをしなくてはいけないんですの！」

爽やかな朝の時間には相応《ふさわ》しくない、アリスの怒号が弾《はじ》けた。

「わたくしを誰だと思っているんですの⁉　かの魔王の娘ですのよ⁉」

「そんなことが関係あるか！　今は逃亡中の身で、かつ、一般人だろう！」

食堂。ロイドが朝食をとっている横で、イヴとアリスが言い争っている。

「いいか、家族とは即《すなわ》ち共同体だ。持ちつ持たれつの関係で成り立っている。故にできる者ができることをやらなければ、その分、他の者に負担をかけてしまうのだ！」

「り、理屈は分かりますわ。けれど、だからってどうして、わたくしがこの家全員分の洗濯をしなければならないんですの⁉」

「他に何もできないからだろうが！　料理は我とソフィアが担当！　ロイドは皿洗いと掃除！　貴様はそのどれもできなかったから、洗濯を任せようというのだ！」

「そ、それは……まあ……その……家事はちょっぴり苦手ですけども……」

やや形勢が不利になったアリスへ畳みかけるようにイヴが続けた。

「ちょっぴり⁉　料理をさせれば竈《かまど》を爆発させ、皿を洗わせれば持つごとに割り続け、掃除をさせれば棚を破壊する！　それのどこがちょっぴりだ！　途中からわざとやっているのかどうか本気で悩んだ我の時間を返せ！」

「うっ……ま、まあ、我ながら不器用なのは認めますわ。で、でも、あなたの方だってそうでしょう。料理担当⁉　あれを料理とわたくしは呼びませんわ！」

アリスが指差したのは、食卓に無造作に載せられている肉だった。グレイトホーンと呼ばれる巨大な馬の魔物を適当に皮を剝《は》ぎ、そのまま焼いて塩コショウをかけただけの代物だ。隣に置いてあるソフィアお手製の、スープとふっくら焼き上げられたパンにオムレツ、という組み合わせに比べると、切なくなるほどに差が浮き出てしまう。

「なにも本職のようにとは申しませんが、料理とはソフィアのように多少の手間をかけたものを言うのですわよ。あれはなんですの！　肉を焼いたという事実だけが存在しているではありませんの！　あれならわたくしだってできますわ！」

「おお、言ったな⁉　なら貴様一人で魔物を狩れるか。皮を毟《むし》れるか、上手に焼けるか⁉　我は以前の失敗を反省し、見事にそこまでの領域まで到達したのだ！　素晴らしいだろう⁉」

「ろ、論理のすり替えですわ！　調理法の問題を言っているんですの！　あと後半、自慢げに言うほど凄《すご》いことでもありませんことよ⁉」

「うるさいな、文句を言うなら我より美味いものを作ってから言え！　大体、貴様は未《ま》だ王族気分が抜けておらぬから――」

喧々囂々《けんけんごうごう》。よく飽きないなと思うほど、延々と言い争っている。

が、もうロイドにとっては慣れたものだ。アリスが屋敷《やしき》に住むようになってからしばらく。今回のようなことはしょっちゅうだった。

イヴもアリスも我が強い。故にぶつかり合ってしまうのだろう。

「パパ、今日のオムレツはどう？」

「ああ。良く焼けている」

「うれしいわ。バターもね、牧場までいって、牛さんから直接搾《しぼ》った牛乳を使って作ったのよ」

「そうか。ありがとう」

ソフィアもすっかり日常風景と化したのか全く気にせず、ロイドの隣で機嫌よく朝食をとっている。

「わ、分かりましたわ。まあ、百歩譲って洗濯はするとしましょう。ですが、な、なぜこの男のものまでわたくしがやらなければなりませんの！」

外野気分で居たら、思わぬ矛先が向いてきた。ロイドはパンを千切りながらアリスを見る。

「なんだ、ロイドも家族だろう。別に問題はあるまい」

「で、ですが、しゅ、淑女たるもの、婚約関係でもない異性の衣服や、まして、し、した、下着を洗うなど！　破廉恥極まりないですわ！」

「はあ？　……なんだ貴様、もしやロイドを男として意識しているのか!?　いかんぞ！　奴《やつ》は我の夫だ。娘が父親と、そんな、ふしだらな関係になるなど……ママは許さんぞ！」

「誰が父親でママですの！　娘になった覚えはありませんわ！」

「しかし貴様の年齢は十四と聞いた。立場的には我の娘だろう。ソフィアの姉に当たる」

「誰が姉だって……え？　じゃあ、ソフィアはわたくしの妹になるんですの？」

食って掛かろうとしていたアリスはそこで、なぜか意外そうに目を瞬《またた》かせた。

「当然、そうなるだろうな。アリスお姉さんだ」

「……アリスお姉さん……」

ふと、アリスの視線が、ソフィアに送られた。彼女は見られていることに気づき、千切ったパンを片手に首を傾げる。

「どうかしたの？　アリスお姉さん」

「………。確かにわたくしは一人っ子で、お母様は早くに亡くなりお父様も職務に忙しく、妹が居ればと思いましたわ。とっても欲しかったですわ！」

食卓に手をつき、アリスは何やら、ぶつぶつと呟《つぶや》き始めた。

「ああ、でも！　だからって憎き勇者や、やたら声のでかいドラゴンの娘になるなど！

ソフィアは確かに可愛《かわい》らしく素直な子ではありますけれどそれとこれとは別で！　ですが妹！　ああ！　妹！　甘美な響き……」

かと思えば突っ伏して頭を抱えてしまった。一体何が起こったのか。

「大丈夫か、こいつ」

先ほどまで喧嘩《けんか》していたイヴでさえ、心配そうにしていた。

「……まったく。毎度、騒がしいことだな」

ロイドは言って、二人の様子を見ながら、口元を和《やわ》らげる。

「……あれ？　パパ、いま笑ったわ」

と、そこでソフィアが非現実的な出来事にでも遭遇したように、目を丸くした。

「ねえ、ママ！　パパが笑ったわ！　とってもいい笑顔だったわ！」

「な、なに⁉　おい、本当か⁉」

途端、アリスのことを放っておいて、イヴがロイドの元へ急行してくる。

「なんだ、笑っていないではないか！」

「ううん。さっき本当に笑っていたもの。わたし、パパのそんな顔、初めてみたわ」

「く、くそう！　ソフィアだけずるい！　おい、ロイド、我の前でも笑え！」

「……そう言われてもな」

まるで自覚がなかった。ソフィアに言われて自分で驚いたほどなのだ。

（オレが……笑っていた？）

己の顔に手をやって確認する。

笑いなど、いつぶりに浮かべただろうか。少なくとも物心ついた頃から数度あったかどうか、その程度だ。

「……まあ、良《い》い。笑ったということは、貴様が我らに安らぎを覚えているということだろう。それは大変に良いことだ」

まだ不満そうではあったものの、イヴは離れて頷《うなず》いた。

「ふふ。パパ、無理をしなくてもいいけれど、また笑ってみせてね。わたし、パパの笑顔、とっても好きよ」

ソフィアが目を細めて、ロイドの手に自分の指を重ねた。

「人が苦悩しているのにのけ者にして和気藹々《わきあいあい》としないでくださいます？　わたくしも家族ですのよね？」

アリスが半眼でロイドたちを睨《にら》み付《つ》けてくる。

「あ、ごめんなさい、アリスお姉さん」

だがソフィアがそう呼ぶと、

「ああ！　ですからその名は！　甘くも危険な誘惑の香り！　ああああああ」

再び崩れ落ちて身もだえし始めた。

（忙しい奴だ。……思えば、あいつもやたらに明るく、騒がしい奴だった）

アリスやソフィアのように自分より年下の者と接していると、不意に思い出す。

以前に見た夢のように、幼い頃もそうだった。

（泣いて、笑って、はしゃいで……こうなる前のオレと比べても、まるで正反対だったな）

しかし不思議と喧嘩はしなかった。向こうが懐いていたからかもしれない。

「……どうした？　ロイド。ぼうっとして」

と、そこでイヴから尋ねられ、ロイドは我に返った。らしくもなく、回顧に浸っていたようだ。

「ああ、いや、なんでもない」

そう答えると——不意に玄関の戸を叩《たた》く大きな音が鳴る。

「あら。お客様かしら？」

ソフィアが腰を上げようとするのを制して、ロイドは席を立った。

玄関に近づき、扉を開ける。

と、同時——外から誰かが倒れ込んできた。

男だ。鉄製の頑強な防具を身に着けている。意匠に見覚えがあった。ディルグランド城に勤めていた頃、ロイドが見たものと同じだ。

「……ディルグランドの近衛兵《このえへい》か。どうした？」

「勇者、ロイド……様……」

息も絶え絶えの様子で、男は言った。よく見れば、鎧《よろい》は所々が砕け、露出した肌にも深い傷がついている。

「い、今すぐ、ディルグランドの首都へ……わたしは……王から、命を受けて……助けを……」

「一体何があった。他国からの侵略でもあったか」

ロイドは自分で言いながら、その可能性は低いと思っていた。

ディルグランドは世界一と呼んで差し支えない大国で、その首都は他には及びもつかぬほどの守備力を誇る。容易に攻め込めるようなところではないはずだった。

まして今、ディルグランドと敵対している国は存在していない。

「いえ……牢獄から、出された、男が……暴れて……殲滅者が……」

「殲滅者？　牢獄から？　――誰だ、そいつは」

男は激しく咳《せ》き込《こ》んだ。唾液と共に、血が吐き出される。内臓を酷《ひど》くやられているらしい。もう長くないのは明らかだった。

「……ン……」

最後の力を振り絞るようにして、男は、告げる。

「カイン……」

そうして彼は目を閉じて、もう二度と、開くことはなかった。

ロイドは黙然としたままで、男の顔を見つめる。

いや、正確には見つめているのではない。焦点の定まらぬまま、考え事をしていたのだ。

「おい、どうした、ロイド。その男は一体なんだ」

が、背後から呼びかけてくるイヴの声に、ロイドは我に返った。

「……ディルグランドの首都からやってきた兵士だ。街が男によって襲われているらしい」

「なに？　たった一人にか？　そんなことがありえるとは思えんが」

「いや……相手がオレの知っている奴であれば、可能かもしれない」

蘇る記憶。痛みと苦しみの暗澹《あんたん》たる日々。

その中で、自分が確かに感じた、わずかな光。

「カイン＝ブランク。オレと同じ、殲滅者計画に参加した奴だ」

「……なんだと？」

「そして――」

ロイドは懐かしさを覚えながら、その名を口にした。

「カインは、オレの弟だ」

亡くなった兵士を埋葬すると、ロイドたちはひとまず屋敷に戻った。

食卓には、先ほどの喧騒《けんそう》が嘘《うそ》のような静寂が漂っている。

「オレは幼い頃に両親を失い、親戚に引き取られた。その時、弟も居たんだが……二人も養う余裕はないと言われ、カインはオレとは別の者のところへ行ったんだ」

席に着いたイヴたちを見つめながら、ロイドは語り始めた。

「独り立ちした頃、カインの養父母の元を訪れたが……既にカインは居なく、行方が分からなくなっていた。他に伝手《つて》もなく、オレは諦めるしかなかった。だが、殲滅者計画の為《ため》に集められた施設の中で、偶然にも再会した」

「計画の参加者は、ディルグランドの兵士だけではなかったのか？」

イヴの質問に、ロイドは頷く。

「オレも知らなかったことだが、兵士だけでは数が足りず、身寄りのない子どもや行き所のない者を、密《ひそ》かに高額の報酬と引き換えに集めていたようだ。カインはその一人だった」

ロイドもカインも、最初は互いを兄弟だと認識していなかった。

だが記憶の中にある面影《おもかげ》と照らし合わせるうちに、双方とも思い出したのだ。

カインは驚いていたものの、やがては笑顔になり、兄さんと呼んで抱きついてきた。

「カインはオレが兄だと分かってから、ずっと傍《そば》にいて、片時も離れようとしなかった。殲滅者計画への不安から、唯一の身内であるオレと共に居たかったんだろう」

毎日のように凄絶な実験が繰り返され、その度に正気を失いそうな痛みと苦しみが参加者を襲う中。

それでもカインは朗らかに、兄さん、兄さんと呼んで、慕ってきた。

「そんなあいつと居る内、オレも次第に昔のように接するようになっていた。失《な》くしかけていたものを取り戻すような、そんな気持ちで」

殺伐とした小さな世界の中で、カインも、そしてロイドも、互いを心の拠《よ》り所《どころ》にし始めたのだ。空白になっていた兄弟の時間を、必死で埋めるように。

「だが――ある日、オレは計画の成功者になった。勇者と呼ばれ、もてはやされ、魔王討伐へと向かうことになったんだ。当然だが、施設を出ることになった」

おめでとう。

確か、そう言われたことを、覚えている。

カインはロイドの手をとって、いつものような笑顔で、いつものように無邪気に、己の想《おも》いを告げて来た。

『おめでとう、兄さん。えっと。それでね。無事に帰ってきたら、世界が平和になったら……兄さんさえ良ければ、一緒に暮らしてくれないかな』

もちろんだ。ロイドはそう答えた。どうせ魔王を倒した後はやることもない。だから、弟と暮らしたところで問題はないだろうと。そう思っただけだった。

だが彼は、本当にうれしそうに、握った手を振った。

『約束だよ。絶対に絶対に、一緒に暮らそうね』

ああ。分かった。ロイドは素っ気無く、そう答えたのを覚えている。

「……その時、オレは弟と自分の間に、なにか埋めようのない溝が生まれているように感じた」

「溝、ですの？」

眉を顰《ひそ》めるアリスに、ロイドは己の過去を反芻《はんすう》しながら答える。

「オレは以前のようにカインと接することができなくなっていた。言葉に、心に、実が伴わない。どこまでも平坦《へいたん》としていて、何の感情も湧かなかったんだ」

「それは……殲滅者計画なる過酷な実験を受け続けたせいですの？」

「さあな。そうかもしれない。他に原因があるのかもしれない。オレには分からない」

だが、自身に戻り掛けていた大切な何かが再び砕け散ってしまったのは、確かであるようだった。

「パパ……そんな……」

今にも泣きそうな顔をするソフィアの頭を、神妙な顔をしたイヴがあやすように撫《な》でる。

「だがオレがそんな言い方をしても、カインは喜んで、何度も何度も頷いた」

まるでそれだけが、自らの希望であるかのように。

「ただ――オレは、その約束を果たすことができなかった」

「……どうして？　パパ」

悲しそうに眉尻を下げたまま、首を傾《かし》げたソフィアに、ロイドは言った。

「魔王を倒し、帰還した後。カインは行方不明になっていた。いや、あいつだけじゃない。施設の人間全員がどこに行ったか分からなくなっていた。王に訊《き》いたが、目的を果たした施設は解体し、参加者にはある程度の慰労金を出した後、解放したそうだ。だからどこに行ったかまでは分からないと」

「あなた、探さなかったんですの？」

責めるように、アリスが問いかけてくる。

「探したさ。休暇を貰《もら》った半年の間にな。だがダメだった。情報屋を使ったりもしたが、生き別れた時以上に見当がつかなかった。まるで、この世から消えてしまったかのように」

「そのカインが、今、首都に居るというのか。それも暴れていると。どういうことだ」

「……。もしかすると、という話だが」

薄々、見当はついていた。ロイドは、イヴに答える。

「あいつもまた、オレと同じで実験の成功者になったのかもしれない。だがオレが居る以上、勇者は二人も必要ない。だから、なんらかの方法で危険な力を抑えこまれ、牢獄に閉じ込められていたんじゃないか」

だからいくら捜索しても見つからなかった。当たり前だ。城の地下にいたのだから。灯台下暗しとはこのことを言うのだろう。

「そ、そんなのひどいわ！　そのカインさんは、なにもしていないのに！」

「まったくですわね。反吐《へど》が出るとはこのことですわ」

ソフィアに同意しながら、アリスは不愉快そうな顔をした。

「しかしそれを誰かが解放した、と？　そういうことか」

「ああ。恐らくは、王がな」

可能性を辿《たど》ればそれしかありえない。

ロイドの言葉にイヴはまなじりを決した。

「それは……つまりあれか。貴様を仕留める為に王が刺客にしようとしたわけか」

「ああ。そうだろう」

「……下衆《げす》が。奴は数ある人間の中でも特に最悪の部類だ」

怒りを溜《た》め込《こ》むようにして、イヴは拳を、音が鳴るほどに強く握りしめる。

「でも、その計画はロイドの弟による反逆で破綻。今、刺客にするはずだった彼に街が襲われていると。自業自得としかいいようがありませんわね。……それで、どうするんですの？　ロイド。街を救いにいくつもりではありませんわよね？」

ありえない話だ、と言外に含むかのように問いかけてくるアリスへ、ロイドはしかしこう答えた。

「――ああ。行くつもりだ」

アリスだけではない。イヴも、ソフィアも、一様に動揺を示す。

「な、なにを言っている。相手は弟なのだろう⁉」

「そうよ、パパ。街が襲われているのは心配だけど、パパが行かなくてもいいわ」

「なにを考えているんですの、あなた」

ロイドは席を立つと、三人を順番に見回した。

「もしカインが計画の成功者であるなら、止められるのはオレだけだ。だからオレが行く」

「……求められれば応える。いつもの貴様の信条か」

「ああ。そういうことだ」

イヴに頷いて、ロイドはそのまま踵《きびす》を返す。

「少し待っていてくれ。夜までには帰る」

いつもの調子で感情を挟まずに告げると、屋敷を出ようとする。

だが玄関の扉に手をかけたところで、イヴの声に足を止めた。

「……待て」

「貴様が行く必要はない」

「だが、イヴ。オレは――」

「代わりに我が行く」

思わず振り返ったロイドに、イヴは真剣な顔をしたまま、重みのある声で告げてくる。

「我が行ってそのカインという男を止める。それならば構うまい」

「……いや、しかし……」

「ママ、わたしもいくわ！」

ソフィアが手を挙げた後、勢いよく身を乗り出した。

「パパが弟さんと戦うなんて、ぜったいにダメだもの！　だったら、わたしがやるわ！」

「ソフィア……」

「さすが我が愛する娘だ。ならば二人で……」

「……わたくしも行きますわ」

それまでむっつりとした顔で黙り込んでいたアリスが、不意に呟く。

「先に言っておくけれど、勘違いなさらないで。別にロイドの為じゃありませんわよ。色々とあったけれど、今はこの家に世話になっている身。その恩義を返すだけですわ」

アリスは立ち上がると、食卓に手をついて、

「……それに。家族と殺し合いをするなんて、わたくし、見ていられませんもの」

最後の所だけは囁《ささや》くようで聞こえなかった。ロイドが眉を顰めると、アリスは顔を赤くして咳払《せきばら》いで誤魔化す。

「ただ、因果の鎧にマナを注入することだけはやってもらいますわ。よくって？」

「いや、それは構わないが。しかし、これはオレに望まれたことで……」

「悪いが論争するつもりはない。貴様はこの屋敷に居ろ。それ以外の選択肢は許さん！」

言いきって、イヴは食卓を飛び越えるとロイドの前に着地した。

「どうしてそこまでしてオレを止める。お前に得があるのか」

「あるさ。貴様が弟を傷つける姿を見ないで済む」

わずかに目を伏せて、イヴは答えた。

「我はずっと、過去に自分のしたことを後悔してきた。もっと他に方法はあったはずだと、呪縛のように囚《とら》われてきたのだ。貴様にそのようなことをさせたくはない」

彼女がかつて憎しみのままに、仲間と呼んだ人間たちを滅ぼしたことを言っているのだろう。

「……オレは、お前とは違う」

「そんなことは、分かっている。だからこれは、我自身の望み……そう、わがままのようなものだ」

心を苛《さいな》む痛みを堪《こら》えるように胸の辺りで手を握りしめ、イヴは続けた。

「それに……我は貴様と暮らし始めた頃から、ずっと恐れていた。ロイド、貴様が何かをきっかけに、我の元から居なくなってしまうのではないかと。当然だ。夫婦などといっても仮初《かりそめ》のもの。そもそもが、貴様は自ら望んで我と一緒に居るわけではない。我らを繋いでいた線はとてもか細かったのだ」

一旦そこで区切ると、視線を上げ、ロイドを見つめてくる。

「だが――そんな不安は、いつしか消えていった。たとえ貴様が居なくなったとしても、それはきっと、深い事情があってのことだ。かつて我が人間たちから受けたような裏切りではない。貴様はいつかただいまと言って、帰ってくるはずだ。そう、いつのまにか、確信できるようになっていたのだ」

微笑《ほほえ》みを浮かべ、イヴは頰を朱に染めながら、

「その時に気付いたのだ。我は、貴様と本当の家族になったのだと。だからこそ我は大切な夫に、貴様に、もう一人の家族を傷つけるような真似をして欲しくない、ということもあるのだ」

その、強い意志をもつ瞳をロイドに向けてきた。

「頼む――ここに居てくれ、ロイド」

「そ、そうよ。わたしもパパのおかげで、ママやアリスお姉さんと出会えたのよ。やらせて！」

「……不本意ですが。わたくしもあなたやイヴたちがいなければ死んでいた身ですわ。魔王の娘として、庶民にいつまでも借りを作ったままでは据わりが悪いですもの」

イヴの後ろに、ソフィアと、アリスも並ぶ。

「……お前たち」

ロイドは三人を見つめ、目を閉じた。

逡巡《しゅんじゅん》を挟み、それでも決断し、再び瞼《まぶた》を上げる。

そうして、ロイドは——彼女たちに、自らの選択を告げた。


壊す。壊す。壊し続ける。

砕き。砕いて。砕き続ける。

ああ。だがまだ足りない。自分の感情を。鬱屈とした想いを。完全に晴らすにはまだまだ足りなかった。

もっと悲鳴を。もっと嘆きを。もっともっと。もっと深い絶望を。

カインは全身から大量のマナを迸《ほとばし》らせながら、手当たり次第に辺りへ攻撃を加えていた。

あれだけ整然と並んでいた建物も、綺麗に並べられた石畳も、憩いの場として人々の目を和ませていた噴水広場も。

首都の全てが完膚無きまでに、無惨なまでに、凄惨に破壊されている。

「あははははははははははははははは！」

逃げ惑う人々を。立ち向かってくる兵士や騎士たちを。

腕を振るい、マナによって造り上げた物理的衝撃によって、区別なく差別なく全て薙《な》ぎ払《はら》って殲滅していく。

自由だ。自分は自由だ。全てを自由にできる力がある。

それがこんなにも心地よいなんて——知る由もなかった。

誰も自分を、カイン＝ブランクを止めることなどできないのだ。

その歓喜に打ち震え、興奮し、わずかな疲れも無く破壊活動を続けていた。

——だが、そこで。

「随分と派手にやっているようだな」

頭上から不意に威圧的な声が聞こえ、カインは空を仰いだ。

空中に、見たことの無い生き物が居た。

天を覆うほどに巨大な体にはびっしりと鱗《うろこ》が生《は》え、飛膜ある双翼を広げている。

全てを噛み砕く顎に、鋭い金の目。

「……ドラゴン……？」

実際に見たことはないが、話には聞いたことがあった。そういう、最強と呼ばれた魔物がいると。

ドラゴンは翼をはためかせると、辺りに突風を撒《ま》き散らしながら降り立った。地面に足をつけるだけで重低音が鳴り響き、石畳の道が砕き割れ、わずかに沈む。

更にドラゴンの背からは、二人の人物が降り立った。

一人は銀の長い髪をもつ、人形のような少女。

もう一人は全身を漆黒の甲冑に身を包んでいるが故、性別が不明の人物だ。

「その辺にしておけ。子どもの悪戯《いたずら》にしては、おいたが過ぎるぞ」

ドラゴンが、轟《とどろ》くような声で忠告してきた。

「……誰だい君たちは。邪魔をしないで欲しいな。今、楽しく遊んでいるのに」

「ほう。ならば我らも遊んでやろう」

雄々しく翼を広げたドラゴンが、天高く向かって吼《ほ》え猛《たけ》る。

ただそれだけで空気が激しく痺《しび》れ、カインの肌を刺激した。

「存分に付き合い、疲れ果てさせ——組み伏せてくれるわ」

「わ、悪いことをやめないと、痛いことをするわ！」

「……面倒なことがないうちに降伏した方が得ですわよ」

ドラゴンの傍にいた少女と、全身鎧——声色からするとこちらも女——が忠告してきた。

「……は」

思わず、カインは息をついた。それは間もなく連続し、声を伴い、笑いと化す。

「ははははははははは！　なに、君たち。面白いなぁ！」

全く以《もっ》て意味不明だ。正体も目的もその動機も。

ドラゴンに子どもに甲冑女。奇妙に過ぎる組み合わせ。

だがどうしてだろう。先ほどまで歯向かってきた自称精鋭の騎士どもよりも、よほど手応えがありそうだ。

「いいよ。ちょうど退屈過ぎて死にそうだったんだ。――派手に遊んでくれよ！」

カインはマナを纏《まと》わせた拳を、無造作に足元へ叩きつけた。

超常の力が石畳を震わせ、地面を高速で伝う。

立て続けに刻まれる亀裂がドラゴンたちの元へと走り、勢いのまま瓦礫《がれき》と衝撃を直撃させた。

だが――無傷。

ドラゴンが翼によって少女たちを庇《かば》うことで盾の役割を果たし、全てを防ぎきっていた。

「へえ。少しはやるみたいだ。まぁ、そうでなくっちゃね」

「ほざけ！　今度はこちらの番だ！」

ドラゴンが息を吸い込み、即座に熱波を吐き出した。

炎の海が生まれたかのように、火の群れが広範囲で地を嘗《な》めてカインを喰《く》らう。

「空から確認したが周囲に生きた人間はいない。相手が相手だ。遠慮はいらん。全力でやれ！」

次いで出された指示に残りの二人も動いた。銀髪の少女が両手を広げ、目を閉じる。

小柄な体からは考えられぬほど大量の青白い光が溢《あふ》れ、渦となって迸った。とてつもない量のマナだ。

「万物・流転・雷王・降臨！」

ドラゴンの頭上に途方もなく巨大な雷球が出現した。何万という蟲《むし》が一斉にわめいているかのような異音が轟く。

それだけでは終わらない。少女が呪文を唱える度に、唸《うな》る豪炎が、怒れる暴風が、山を動かしたかのような岩塊が、瞬時に顕現されていく。

「わたくしたちの命に従わなかったこと、その身でとくと後悔なさい！」

全身鎧が掌《てのひら》を翳《かざ》すとその中央にマナが収束した。輝きの勢いは止まることを知らぬように加速を続けながら、中天の太陽が如く膨れあがる。

「――行くぞ！」

ドラゴンもまた、空中に飛ぶと、喉奥からいくつもの火球を吐き出した。

あらゆる種類の攻撃が、場にあるものを塵《ちり》一つ残さぬ意志を感じるそれが。

一斉に、カインへと襲い掛かってくる。

爆裂。拡散。衝撃。業撃。――全殲滅。

筆舌し難《がた》い破壊の連続が起こり、辺り一帯の建物ごと瞬《まばた》きする間もなく消し去った。

その中心に居るカインはもろに攻撃の猛打を受けて、尋常ならざる現象に巻き込まれる。

そして――。

「…………。なるほど」

カインは、平然と佇《たたず》んだままで呟いた。

「なっ――!?」

地に降り立っていたドラゴンが、目を見開く。

カイン自身が、掠り傷一つ負っていないからだろう。

マナによる障壁を展開することで全ての攻撃を、一定範囲のみ無に帰したのだ。

「偉そうな言葉を吐くだけはあるみたいだ。普通の奴なら今ので終わりだろうね」

前傾体勢をとって、カインは足首にわずかな力を入れた。

「僕が普通じゃなかったことが、君たちの敗因だ」

全身にマナを纏い、地を蹴る。

刹那で肉薄したカインを前に、ドラゴンはせめてもというべきか――二人を庇うようにして自らの体を前に出した。

カインは哄笑《こうしょう》し、拳を振るい。

マナによる単純極まりない攻撃を、繰り出した。

――殲滅者計画に参加してから、どれくらい時が経った頃だったか。

施設の奥に運ばれていく人間は多いが、帰ってくる者の数は日々、少なくなっていく。

薄々、誰もが理解し始めていた。

多額の報酬と引き換えに、自らの命を差し出してしまったのだと。

いつかは分からないがしかし確実に訪れる、自らの番。それを憂いて皆、口一つ利かない。そんな状況下で、彼はすこぶる明るい口調で言った。

「兄さん。僕、兄さんが居てくれて良かったよ」

「……どうしてだ?」

ロイドの質問に、この状況の中、それでも笑みを浮かべて、

「だってさ。独りぼっちでここにいるのは、やっぱり辛《つら》いよ。家族がいるってすごく心強い」

彼は——カインはロイドの隣に腰かけて、足をぶらつかせながら言った。

「僕、お金が欲しくてこの計画に参加したんだけどさ。なんだかくらーい顔して、世界中の不幸をぜんぶ背負い込んだみたいな奴ばっかりで、うへーって思ってたんだ。ここでしばらく暮らすのかーって。でも、まさかのロイド兄さんが居てくれた」

心から、嬉しそうにして。

「それだけでも幸運なのに、兄さんってなんだか落ち着いているっていうか、恐《こわ》いモノなんてないみたいな感じで頼りがいがあってさ」

「別にそんなわけでもないが」

単に不器用なだけだろう。そう思って答えるがカインはにかっと歯を見せた。

「まあまあ。僕がそう思ったってことで。だからさ、本当、ありがとうね、兄さん。父さんも母さんも居ないけど……僕、兄さんが居てくれたら、もうそれだけでいいや！」

「……そうか」

子どもみたいにはしゃぐカインに、ロイドは変わらぬ表情のままで返す。

それからも、カインはロイドに懐き続けた。

兄さん、兄さんと親しげに寄って来ては、どうでもいい、些細《ささい》な、なんでもないことを話す。施設内では基本的になにも起こらない。だから彼が言うのはいつも過去か、夢についてのことだった。

今まで生きてきて食べたものの中で一番美味かったのはなにか。子どもの頃にしていた遊びを覚えているか。施設を出てから行きたいところはあるのか。見たい景色はなにか。

今、考えれば――それは、彼なりの逃避だったのかもしれない。

孤独と飢えの中、報酬を得ることで少しでも自分の人生を変えたくて、計画に参加した。だがそれが、予想を遥《はる》かに超えて過酷で辛酸を嘗めるものだと分かって。

だからといって落ち込んだままでは何にもならないと、無理に元気に振る舞っているのだろう。ロイドにも、その気持ちは分からないでもなかった。

毎日のように絶叫と、嘆きと、怨嗟《えんさ》の声が奥から聞こえてくるのだ。

そうでもしなければそれこそ、まともでいられなくなるのだろう。

故にロイドはカインに付き合った。自らもまた彼と共に在ると心が、いつか遠い記憶の彼方に見た穏やかな海のようになるのを、感じていたからだ。

凪《なぎ》ではない。波は立つが小さく、海面を撫でるようにして流れていくのだ。

爽やかで、気持ちの良い風が吹いているかのように。

「ねえ、兄さん。僕たちはきっと上手《うま》くいくよね」

いつしかカインは、事あるごとにそう言うようになった。

「僕たちは実験に成功するよね。絶対にそうだよね」

まるで、自らに言い聞かせるように。少しずつ人が減り、己もいずれそうなるのではないかという焦燥を覚えていたのだろう。

「どうしてそう思う」

「だって、僕たちはこんなにも前向きに生きているんだよ。周りの人みたいに全部を諦めたみたいになっていない。神様はそういう人を助けるんだよ。僕は今まで辛いことが沢山あったけど、なんとか上手くやれてたんだ。それはいつも、大丈夫だって信じていたから、神様が力を貸してくれていたんだよ」

「ほう。そういうものか」

「そうだよ。だから、僕は成功する。そして、その僕が一番仲の良い兄さんだって成功するんだ。世の中はそういうもんなんだよ」

何の確証もない言葉だった。

世の中の流れは常に非情だ。誰も差別しない。

前向きな者も、後ろ向きな者も、努力家も怠け者も、信心深い者もそうでない者も、悪人も善人も、全てを平等に並べて目についたものに鉄槌《てっつい》を下す。

だが――なぜだろう。その時はロイドも、カインの言うことに異を唱えなかった。

「ああ。そうかもしれないな」

もしかすると願っていたのかもしれない。

そうであれ、と。

こんな誰とも打ち解けられない、いつも仏頂面《ぶっちょうづら》で面白いことも何一つ言えないような奴になってしまった兄に、それでも屈託なく話してくれる弟であれば。

きっと、願いは、報われると。

そうして、カインの予想は見事に的中した。

ロイドは実験の成功者となり、魔王を倒した。

カインの行方は以後も知ることはなかったが――。

「そうか。お前も、生き抜いていたか」

ロイドは一人残された屋敷で、静かに呟いた。

そうでなくてはならない。

自分だけが選ばれるなど、そんな理不尽があってたまるものか。

だがロイドが勇者と呼ばれる一方、カインは力を危険視され、地下深くに幽閉されていた。なんのことはない。ほんの少しのずれだ。

何処《どこ》かが違えばカインと自分の立場は逆転していたかもしれない。

ならば彼に何の罪があるだろう。

力を与えてやると言い、いざ力を与えれば勝手をしないようにその身を縛る。

ロイドからすれば国王の所業の方がよほど悪意に満ちていた。

本音を言えば、カインが暴れる気持ちは理解できるし、放っておいていいとすら思っている。

だが——それでもロイドは、今の自分の状態をおかしいと感じていた。

必要とされた時に応える。自分はそうやって今まで生きていた。

それが唯一無二の、ロイドという人間がこの世に存在する意義であり、理由であったからだ。

故に、たとえカインの行動にある種の正当性が伴っていると思ったとしても、王に命じられれば、すぐさまに彼を止めるために向かっていた。少なくとも、今までの自分であれば。

だが、実際のところはどうだろう。

結局、ロイドは現場には行かなかった。イヴたちを見送り、屋敷に独り残っている。

（どうしてしまったのだろう、オレは）

自分で自分の行動を理解できなかった。

まるで、今の状況が、問題はないと――いや、むしろ王の命令に従うより、イヴたちの言う通りにした方がいいとすら感じている。

――そんなことは、分かっている。だからこれは、我自身の望み……そう、わがままのようなものだ
イヴにそう言われた時。彼女が己の罪を悔いるあまり、ずっと孤独に耐えていたことを思い出した。

（だから……オレは、イヴの要求を無視することができなかった。オレの選択を、我がことのように考えて止めてきた、あいつの想いを）

ソフィアや、アリスもそうだ。

（要求に応じるより、彼女たちの気持ちを優先したんだ。……それは、なぜだ？）

分からない。まるで分からない。が、

（…………いや）

その時。引っかかるものを覚え、ロイドは、自問した。

（そうか？　本当に分からないのか……オレは？）

すると、自分の中に居るもう一人の自分が答える。

（そう。もう薄々は分かっているはずだ。ただ、お前は――）

ロイドの深奥にある、今まで隠されてきたものを指しながら。

（ただお前は、戸惑っているだけだ）

……ああ、と。

思わず、声が漏れる。

「そうかも、しれない」

ずっと感じてはいたのだ。自分の中に生じた変化の正体を。

だけどそれでも、はっきりとした形にすることはできなかった。そう。やらなかったのではない。できなかったのだ。

なぜなら『それ』はあまりにも久し振りで――そして、ロイドがずっと失っていたものだったからだ。

故にこそ、本当かどうかの判別がつかなかった。

だが、この状況から導き出されることは一つしかない。

――新しいものを手に入れたのか、あるいは、取り戻しかけているのか――。それは、貴様が決めることだ。

かつてイヴから言われたことを思い出した。

それを以て言えば、そう。

「オレは……」

ロイドは、掠れた声で呟いた。

「オレは、既に、取り戻していたのかもしれない」

自覚した瞬間、ロイドの脳裏に過《よぎ》るものがあった。

――その時に気付いたのだ。我は、貴様と本当の家族になったのだと
――パパが弟さんと戦うなんて、ぜったいにダメだもの！　だったら、わたしがやるわ！

――家族と殺し合いをするなんて、わたくし、見ていられませんもの
イヴ。ソフィア。アリス。

彼女たちの言葉を反芻する度に、胸が疼《うず》いた。

勇者となってから負うことのなくなった、傷の痛み。

熱を持って脈打ち、内部の肉を切り裂き続けているような衝動。

イヴたちがカインと戦い、果たして勝つことができるのか。

自分と同じ殲滅者であれば、まともに戦うことすらできないのではないか。

そう考えるだけで、心臓が高鳴り始めた。

イヴはロイドとの戦いに敗れ妻になった。

ソフィアを、アリスを、責任を果たすために娘とした。

いわば全てが便宜上。偽物の関係。その気になればいつでも解消できる間柄。

家族、など。他の者が聞けば鼻で笑われるかもしれない。

そんなものは家族とは呼ばない。事情を抱えた者同士が寄り集まっているだけだ、と。

確かにそうだ。反論もできない。

だが——それでも、今の『これ』は本物だ。

幼い頃には確かにもっていたはずの、強い想いだ。

故にこそ。迷いなく。ロイドには。

「……オレには……」

やるべきことが、あった。


「なんだ、もう終わりか」

落胆した気持ちで、カインはため息をついた。

目の前にはドラゴンと、少女と、全身鎧が倒れている。

いや、鎧の方は正確に言えば元、とつけるべきか。

カインによる攻撃を受け、三人が纏めて吹き飛んだ後、鎧は自動的に解き放たれて地面に転がった。中から現れたのはやはり、女だ。

いずれにしろ彼らはもう動く様子がない。

たった一撃でこの有様《ありさま》だ。少しは期待したのだが、大いに失望してしまった。

「まあいいや。とっとと消えてね」

カインは再びマナを纏うと、足先に集中させた。

これを振り上げて落とせば、全ては終わりだ。マナによって構成された物理衝撃が広範囲に亘《わた》って伝い、地面ごとドラゴンたちを完全に塵と化す。

「……待て……」

と、そこで、ドラゴンが呻《うめ》くような声を漏らした。

「ん？　なに？　命乞いなら無駄だけど」

「……我はいい。だが……この二人は、見逃してくれ」

「はあ？　なにそれ」

「貴様を倒そうというのは……元々、我が言い出したことだ。この二人は付き合ってくれただけ。だから、本来、関係はない」

「――ふざ、けないで、くださいまし！」

カインより先に声を上げたのは、鎧を身に纏っていた女だった。伏したままで、それでも鋭い目をドラゴンに向ける。

「わたくしは、わたくしの意思で、ここにきました。あなたなどに、庇われる筋合いは、ありません……！」

「……ママ。わたしも、そうよ。ママ一人死んじゃうなんて、ダメ……」

別の少女もまた首を振った。ドラゴンは、広い口にある奥歯を、強く噛み締める。

「だ、だが……！」

「……なんだか知らないけどさ。鬱陶《うっとう》しいね、君たち」

カインは顔をしかめた。

「友情愛だか家族愛だかなんだか知らないけど。見せつけているつもり？」

吐き捨てる気持ちで言って、頭を掻《か》く。

「まあいいや。さっさと全員——纏めて死ね」

少女二人が顔を強張《こわば》らせ、青ざめる。

ドラゴンが「やめろ！」と叫び、動かぬ体を強引に持ち上げようとした。

そんな光景を前にして、カインは、脚を振りあげる。

そして、これまでと同じように、何も変わらないように。

無造作に——振り下ろした。

「やめろ」

が、足先が地面を踏みしめる直前、カインは凄《すさ》まじい勢いで吹き飛ばされる。

「は——？」

理解できないままに地面を派手に転がり、制御できないまま長い距離を移動して、ようやくそこで止まった。

全身に激しい痛みが生じている。特に頬の辺りが酷い。

顔を殴られて、ぶっ飛ばされた。

その事実を認識し、カインは即座にありえないと感じた。先ほどまでマナを発動していたのだ。生半可な――いや、よほどの攻撃でもこんなことが起こるはずもない。

一体何が起こったのか。カインは、ややふらつきながらも体を起こした。

目の前に、男が一人立っている。

背は高いが筋肉隆々ではなく、どちらかと言えば瘠《や》せぎすで、腕や脚も棒のように細い。鎧一つ身に着けず、武器すらもたず、まるでその辺に買い物にでも来たかのようなたたずまいだった。

が、カインは彼に見覚えがある。

忘れるはずがない。忘れられるはずがない。

「……兄さん……？」

間違いない。目の前の男はロイドだった。

この世界で唯一の肉親。

自分が兄と呼んで慕った――ただ一人の人間だった。

久方ぶりに見るカインは、ひどくみすぼらしい格好をしていた。

長い間、幽閉されていたのだから当然だ。

呆然《ぼうぜん》とするように目を丸くしたまま、動きを止めている。

「ロイド……？」

背後でイヴが呟いた。信じられないものを前にしたかのように。

「ロイド！　貴様、どうして来た⁉」

最後の力を振り絞るように声を荒らげ、問《と》い質《ただ》してきた。

「そ、そうよ、パパ。なぜなの？　弟さんと戦っちゃダメって、そう言ったわ」

「……どういうつもりですの」

ソフィアとアリスの追及を背に、ロイドは静かに答える。

「お前たちの配慮をないがしろにして、すまない」

真《ま》っ直《す》ぐに、少年を見つめながら。

「だが、久しぶり、だったんだ」

弟である、彼を目の前にして。

「誰にも望まれていないのに――誰かを助けたい、と思ったのは」

ロイドは、はっきりと口にした。

「……ロイド、貴様……」

惚《ほう》けたようなイヴの声は、しかし、気のせいだろうか。

どこか嬉しそうな響きにも、聞こえた。

「イヴ、オレを止めるのを、お前はわがままだと言ったな。なら、同じことをオレにも言わせてくれ」

ロイドは全身からマナを放出しながら、心からの想いを告げる。

「イヴ、ソフィア、アリス。どうかお前たちを——守らせて、くれないか」

しばらくの間。だがやがて、吹き出す音がした。

後ろで、イヴが笑っている。

「なにかおかしいことを言ったか？」

「いいや。だが……うん。本当に貴様は面白い男だ」

親しみと慈愛を込めて、彼女は言った。

「分かったよ。あいつを——止めてくれ」

「……パパ、ありがとう」

「わたくしたちの親切を台無しにしたのですから、きちんと結果を出さないと承知しませんわよ」

素直でない者が一人。だがそれも彼女の生き方だ。

あらゆる生き方を内包し尊重し、時に導く。

それが集団の在り方であり——『家族』であるのかもしれない。

なんとなくロイドはそう思った。

「どうして、兄さん」

と、そこで、ふらりと立ち上がったカインが口を開く。

「どうして兄さんが、そっちにいるの？」

愕然《がくぜん》とした顔のまま、ゆっくりとした足取りでロイドに近づいてくる。

「僕だよ。カインだよ。ねえ。そいつらは、僕を殺そうとしたんだよ。それなのにどうして、そんな奴らを守るというの？」

「……。彼女たちが、オレの、家族だからだ」

そうだ。ようやくロイドは、自らの気持ちをはっきりさせることができるようになった。

自分が今ここにいるのは、イヴたちが家族だから。

それ以外は、ありえない。

「どういうこと。じゃあ、そいつらの為に兄さんは、僕と敵対するの？」

「ああ。そうなるな」

「変だよ。家族は、僕じゃないか。兄さんと血が繋がった弟は、僕なんだよ。なのに、そいつらを優先するの？」

震える声のまま、カインはありえないという想いを吐露するように喋り続ける。

「兄さんが居なくなってずっと寂しくて。ずっとずっと独りで。だからそいつらが羨ましくて。仲良くしているのが羨ましくてムカついてだから潰したくて。そこに兄さんが来て。驚いたけど段々と嬉しくなってきて、でも」

次いで彼は、悲嘆に暮れた表情を、自らの両手で覆い隠した。

「なにそれ――なんで、兄さんがそっち側にいるの？　ねえ、こっちに来てよ。僕の傍に居てよ。一緒にこの世界をぶっ壊そうよ。そんな、偽物の家族なんて捨ててさ。僕は兄さんの、たった一人の弟じゃないか」

カインは喉が潰れるほどに、悲痛な叫びを上げる。

「約束したじゃないか！　また一緒に暮らそうって！」

「……そうだな。覚えている。だが、悪いが今のお前とは無理だ。それに、イヴたちは偽物じゃない」

「偽物じゃないか！　だって他人なんだろう⁉　なにが家族だよ。そんなの、全部嘘の寄せ集めだよ！　僕だよ！　僕だけが兄さんにとっての本物なんだ！」

「そうだな。お前は間違ってはいないのかもしれない」

ロイドは淡々と言って、しかし、首を横に振った。

「それでも、オレはお前の側には行けない。イヴたちと生きるこの世界を、壊すわけにはいかないんだ」

「なんでだよ！　分からない……分からないよ……ッ‼」

ばりばりと、耳障りな音が鳴った。

カインは己の顔を、爪で激しく掻いている。

苛立ちを、どうしようもない憤りを表すように。

「分からない。分からない。分からない。分からない。分からない分からない分からない分からない分からない分からない分からない分からない分からない分からない分からない分からない
分からないぃッ!!」

手を放し、血まみれになった顔で、カインは強く叫んだ。

「兄さん！　僕を裏切るの⁉」

「……ああ、そうだ。オレはお前を裏切る」

魔王を倒したはずのロイドは王に、イヴは信頼していたはずの人間に、ソフィアは愛していた義理の両親に、アリスは慕われていたと思っていた部下に。

そしてカインは、実の兄であるロイドに。

この場に居る皆が誰かに裏切られ、大切なものを失《な》くし、再び求め、ここに集っている。

だからロイドは自らを正義だとは思わない。

ただ、取り戻したものを再び失わないために、弟の敵になっているのだ。

故にこそ——心から、口にした。

「すまない、カイン」

「謝罪の言葉なんて……そんなの、いらないよ！」

カインは、強く、どこまでも強く叫んだ。

「戻って来てよ、兄さん！　僕のところに！」

「ダメだ。それはできない」

「……なんでだよ……」

手を力無く下げると、俯き、カインは呟いた。

だが、直後。

「なんでだよ！　兄さんッ‼」

喉奥から絞り出すような声と共に、突っ込んでくる。

「死ねえええええええええええええええええええええええええ！」

カインはマナを纏わせた拳を、左右同時に繰り出してきた。

ロイドは障壁を展開してそれを受け止める。

「あああああああああああああああああああああああああああああああああああああああああああああああああああああああああああああああああああああああ！」

連打。連打。連打の嵐が始動した。

幾度も幾度も繰り返し繰り返し。

カインは拳を障壁にぶつけ続けた。

世界を震撼《しんかん》させるような音が、間断なく響き渡る。

「ああああああああああああああああああああああああああああああああああああああああああああああああああああああああああああああ‼」

そのどれもがロイドたちまで届いていない。ただ、ロイド自身もまた動いていなかった。

「どうしたの兄さん！　そうか、そいつらを庇っているんだね⁉　そうなんだね⁉」

「……ああ」

「そんなに大事なのか！　そんなに大切なのかそいつらが！　ああ、もういいよ！　兄さんなんてどうでもいい！」

カインは体を沈めると、飛び跳ねて距離をとる。

「だったらさぁ、勝負をしようよ！　一発勝負だ！　僕と兄さんが拳で殴り合って、負けた方が互いの言うことを聞くんだ！　オレが勝ったら、兄さんはこっちに戻ってきてよ！」

「……お前が負けたら？」

「はは。大人しく地下でもどこでも戻ってやるよ！　一生大人しくしておいてやる！」

「分かった。いいだろう」

ロイドは障壁を消すと、代わりに全身にマナを纏った。

「パパ！　そんなのダメよ！」

ソフィアが止めるも、イヴがそれを制する。

「いいんだ。やらせてやれ」

背中越しではあるが、彼女が笑っているような気が、ロイドにはした。

絶対の信頼を置いている者だけができる、余裕の笑みを。

「さぁ、行くよ！　兄さんと僕——どっちが強いかな⁉」

楽しそうに足踏みすると、カインは、撃ち放たれた砲弾のように突貫してくる。

ロイドもまた走り、それを迎え撃った。

マナを集中させた拳同士が衝突し、凄まじい烈波を辺りに撒き散らす。

周囲に積み重なっていた瓦礫が一気に押しのけられ、不自然なほど場所が空いた。

「はははははははは！　やるじゃないか兄さん！　これは、拮抗《きっこう》って感じかな⁉」

「そうだな」

「なら——僕も本気を出すよ！」

直後、カインの拳が放つマナの量が増大した。辺りを青白く染めるほどに広く展開される。

「なっ……あの男、まだ力を隠し持っていましたの⁉」

アリスが愕然とする一方、ロイドの拳が少しずつ、軋む音を立てて押されていく。

「どうしたの兄さん！　危ないよ⁉　このままだと負けちゃうよ⁉　あいつらは僕の力が兄さんより劣るとか言ってたけどさぁ！　全然そんなことはないみたいだね！　むしろ僕

の方が強い気がするよ！」

カインは口元を裂けるようにして歪《ゆが》め、血走った目で叫ぶ。

「きっと兄さんは弱くなったんだ！　偽物の家族なんかにかまけてるから、そんなことになるんだよ！　ははは……はははははははははははッ！」

けたたましい笑い声を上げ続ける彼を、ロイドはただ見つめていた。

だがやがて、

「パ、パパ……頑張って‼　負けないでっ！」

「しっかりしてくださいまし！　お父様を倒したあなたがそのような男に屈するなど、絶対に許しませんよ⁉」

「やれ、ロイド！　貴様がその程度であるはずがないっ‼」

ソフィア、アリス、イヴ。

家族からの声援を、背後に受けて。

深く頷き、ロイドは静かに言った。

「分かった。やってみよう」

地につけた足に力を込めて、続ける。

「――少しだけ、本気を出す」

刹那、爆発炎上した。

そう、確かに見えるだけの勢いで、マナが拡大化する。

ロイドの全身から、天すら焼き尽くすかの如き猛烈な輝きが立ち昇った。

「……は……？」

あまりの光景に、カインは呆然とするような表情を作る。

「じゃあな、弟」

発動したロイドのマナが、全て、突き出した拳に集まり。

「お前の、負けだ」

いとも容易《たやす》くカインの力を破り、手を弾いた。

だがそれで収めることなく、ロイドは彼の懐へ潜り込み様、その顔面を殴りつけた。

吹き飛ぶ、などという、次元ではない。

ほとんど瞬間移動したかのような速度で後方へ移動し、カインはそのまま、遠く離れた場所まで消えて行った。

間もなく、遠方で大量の砂煙が上がる。ちょうど、王城のある辺りだ。

建物の一部が崩壊したかもしれないが、今回のことを起こした発端が在る以上、自業自得といったところだろう。

「そ、その程度であるはずはないと言ったのは我だが……やはり凄いな、貴様の力は……」

改めて、といったように、イヴが感想を漏らした。

ロイドは振り返り、妻と、娘二人を見つめる。

「大したことじゃない」

その後、自然と頬を緩め、軽快に笑った。

「家族の為に体を張れる、お前たちの方がよほど立派だ」


その後。カインは城から飛びだしてきた騎士たちによって捕縛され、拘束具を装着された。聞けばロイドが旅立った後に開発されたもので、殲滅者の力を抑えこみ、マナを使えなくするものらしい。

王としてはロイドにもつけたかったのだろうが、抵抗されると厄介なことになると思ったのだろう。

カインは計画の成功者となり、勝手が分からないうちに拘束具をつけられ、幽閉されていたとのことだ。

いずれにしろ再び囚われの身となった彼は、地下へと連れられていった。

「カイン」

騎士たちに連行される弟の背に、ロイドは呼びかける。

傷ついた体のままおぼつかない足取りで歩いていたカインは、そこで立ち止まった。

ロイドは、躊躇《ためら》ったものの――やがては、思っていたことを口にする。

「……オレたちには、時間が足りなかったのかもしれない」
もう少し、カインと共に居ることができれば。絆《きずな》を深めていれば。
ロイドは、彼をイヴたちと同じくらいの存在として思えていたのかもしれない。
その時、あるいは、カインの側に行くこともあったかもしれない。
いや、そもそもが勇者になどならなければ。
規格外の力など、求めなければ——。
こんなことには、ならなかったのかもしれなかった。
今更考えても仕方のないことだと、理解はしている。
もしもの話をしても無駄でしかない。
(だが……それでも)
——ぼく、がんばるよ。だから、お兄ちゃん
——ああ、約束だ。……きっと、また会おう
あの時のことを、今でも覚えているから。
「最後まで約束を守れなかったことを……心から、詫《わ》びる」
ロイドは言って、深々と頭を下げた。
それに対し、カインは無言のまま立ち尽くす。
間もなく彼は騎士にせっつかれて、再び進み始めた。

だが、

「……やだな、兄さん。あんなのは、ただの冗談だよ。約束なんて、本当はどうだっていいんだ」

やがてカインは、消え入るような声で、ぼそりと呟いた。

「僕はもう、兄さんと別れた頃みたいな子どもじゃないんだ。一人だって生きていける。兄さんなんか一緒に居なくても、問題はないんだよ」

振り向いて、カインはロイドに向かい、微《かす》かな笑みを浮かべる。

「だからさ。……兄さんは、兄さんの家族を大事にしなよ」

それは、ロイドの中に残るわずかな記憶の中に居た彼と同じだった。

泣きたいのを我慢して、自分の気持ちを抑えこんで――兄を安心させるために笑っていた、あの彼と。

「じゃあね。兄さん、元気で」

そのまま、カインは騎士に連行され、城の中へと消えていった。

そんな弟の姿を、ロイドはじっと見つめ続ける。

「ロイド……」

呼び声に振り返ると、イヴは、どう言っていいか分からない、というような顔をしていた。彼女だけではない。ソフィアも、アリスも同じだ。

「……帰ろうか」

そんな彼女たちにロイドは、微笑んだ。

「今日は疲れた。イヴとソフィアの飯が食いたい」

すると、イヴは顔を輝かせた。寄って来て、ロイドの胸を軽く叩く。

「そうか！　なら、そうしよう！」

「ええ、とっても美味《おい》しい食事を用意するわね！」

ソフィアがロイドの腕をとり、頬を寄せてくる。

「やれやれ。ソフィアはともかく、またあの、野性味満載の料理未満ですのね」

アリスはうんざりしたように言ったが、少し間を空けて、照れくさそうに続けた。

「まあ……味は、悪くはありませんけれど」

「そうさ」

ロイドは頷き、いつものように淡々と。

けれど、何か一つ違うものがあることを感じながら、言った。

「家族と食うなら、なんでも美味い。……はずだ」

その何かを、愛情と呼んでもいい。

今のロイドには、そう思えた。

# 終章　得難きものを得て今は

「……此度《こたび》の働き、見事であった」

数日後。王に呼び出されたロイドは、謁見《えっけん》の間で、彼の前に跪《ひざまず》いていた。

「首都に起こった争乱、見事に収めたその功績を評して、貴君に報酬金を与える」

「有難き幸せに御座います」

王の声からは言葉とは裏腹に、何処《どこ》か怒りのようなものを感じる。

自らの失態と、それをロイドによって拭《ぬぐ》われてしまったことに、不満を覚えているのだろう。

「うむ。では下がるが良《い》い。報酬金は後に使いの者に届けさせる」

「はっ——では失礼致します」

ロイドは立ち上がると、一礼して、踵《きびす》を返した。

が、その状態で止まると、

「失礼ながら、一つ。王に忠告申し上げたいことがあります」

「……なんだ？」

再び王の方を向き、ロイドは、拳にマナを纏《まと》わせた。

躊躇《ためら》いなく振り下ろし、目の前の床を破壊する。

どづん、という腹に響くような音と共に、頑丈な大理石の床が容易《たやす》く砕け、深く広い穴が空《あ》いた。

「オレはいい。だが今後、家族に被害が及ぶようなことをした場合、次はお前がこうなる」

大国の王を前にし、ロイドはわずかも怯《ひる》まずに告げる。

「カインも同様だ。あいつの罪の重さに相応《ふさわ》しい罰を与えることに異論はない。だが――もし、不必要なまでに酷《ひど》い扱いをしたことが発覚すれば、タダでは済まさない」

「……なっ……」

「き、貴様！　王の御前だぞ⁉」

隣に居た宰相が声を荒らげるも、ロイドは無表情で返す。

「文句があるならかかってこい。一国諸共《もろとも》相手をしてやる。――魔王の二の舞にしてやろう」

その言葉が持つ意味の重さに、宰相と王は顔を青ざめさせた。

「では、失礼」

ロイドは前を向くと、謁見の間を辞する。

「お、王よ。我らは何か、奴《やつ》に勇者としての力以上の、とんでもないものを与えてしまったのでは……？」

「う、うるさい！　そんなことはない！　くそ、あの男……いつか身の程を思い知らせてくれるわッ！」

後ろから聞こえてくる会話に、なるほど、そうかもしれないと思う。

かの恐ろしき魔王を仕留めた勇者であっても。

何千、何万、何十万という軍勢をたった一人で倒せる力を持っていたとしても。

守るものがなければ、振るう先もない。

「ようやく見つけたか。——応える以外で、生きる意味を」

悪くない気分だ。

ロイドはわずかに口元を緩めながら呟《つぶや》いた。

「さあ……我が家に帰るとするか」

騒がしくも、明るく楽しい。

大切な家族が、待っている。

Fin

# あとがき

はじめましての方ははじめまして、おひさしぶりの方はおひさしぶりです。

空埜《そらの》一樹《かずき》と申します。

本作「勇者と呼ばれた後に―そして無双男は家族を創る―」は「第13回講談社ラノベ文庫新人賞」にて佳作を頂き、幾度かの改稿を経て出版されたものとなります。

ここまで読んだ時点で「ん？　新人のデビュー作なのに挨拶がおひさしぶりって？」と疑問を抱かれた方も多いのではないでしょうか。

そうです。厳密に言いますとぼくは、新人ではありません。

十数年前に別の出版社から本を出させて頂いて以来、細々と稼業を続けさせて頂いている、言ってしまえば中堅どころの作家でございます。

そんな奴がなぜ新人賞というものを頂いたかと申しますと、語れば長い話になりまして。

仕事とは関係なく書きたい話があり、本業の合間に書き上げた↓せっかく書き上げたのだから誰かに読んでもらいたい↓インターネットにアップするか、もしくは資格不問の賞に応募するか↓講談社ラノベ文庫さんの新人賞が条件に合っているし一番締切が近いぞ！

↓応募する↓受賞しました

という過程になります。別にそんなに長い話でもなかったな。

出版社から依頼をされて書くお話と違い、百パーセント自分の趣味を入れた作品ですので、本当に受賞できるとは思わず、ありがたいと同時に非常にびっくりしたのを覚えています。

しかし受賞した以上、気を引き締め、心機一転、新人の頃に戻ったつもりで頑張りたいと思っております。

そんなわけでこう……読者の皆様方におかれましては「プロやって長いんだから相当な力量を見せつけてくれるんだろうな」というような心構えではなく、あくまでも新人賞作家のデビュー作ということで……なんというか、手心というか……へへへっ（卑屈な笑み）。

惨めな処世術をさらしたところでお話を変えようと思います。

漫画、小説、ゲーム、映画において様々なジャンルはありますが、その中に「かつての英雄もの」という分野が存在することはご存知でしょうか。そんなもんねえよと思われた方もいるかもしれませんが、あるんです。今ぼくが決めたので。

通常、英雄譚と言えばある人物が歴史に残るような大業を成すまでの波乱万丈なストーリーを描くものですが、先にあげたものはその後日談となっております。

戦場で活躍した兵士はその後、どう生きるのか。世界を救った少年は周囲の人間とどう付き合っていくのか。魔王を倒した勇者が送る人生とは。

物語は大きな目的を達成した時点で終わります。ですが現実的に考えて、兵士も少年も勇者も、その後も問題がなければ、何十年と生き続けるわけです。設定によっては何百年、何千年、もしかすれば永遠になるかもしれません。

そんな状況で普通でないことを成し遂げた者たちは、どうやって生きていくのか？　また、世界の人々はそんな者たちをどう受け入れていくのか？

そのようなお話が、ぼくは大好物なのです。

元特殊部隊のエースが売れない探偵をやっているとか、世界中の人間から憧れられたヒーローがコンビニでバイトしているとか、伝説の剣豪がそば屋の一店員になっているとか、考えただけでもたまりません。

また同時に、血の繋がりのない人たちが一つどころに集まり「家族」として共同生活を送る、いわゆる疑似家族ものと呼ばれるものも大層好んでおりました。

そこで思いついたのが「魔王を倒したのにその存在を恐れられ、遠ざけられた勇者が力とは関係なく傍《そば》に居てくれる者たちと共に暮らしていく」という物語、つまりは本作「勇者と呼ばれた後に」の原型的アイディアでした。

好きなものと好きなものを組み合わせる。カレーハンバーグというか、ナポリタン焼きチーズベーコン載せというか、温玉ミラノ風ドリアというか、そのようなものですね。

でも好きなものと好きなものなのに、ショートケーキに大トロを組み合わせても美味しくないのは不思議です。いや試したことはないから美味しいのか……？　どうだ？　やってみるべきか……？

さて、そのような挑戦心は置いといて、では無敵の勇者と暮らすのであればどんな人たちがいいだろうか。家族となるのだから彼の置かれた状況を理解できる人たちがいいだろう。なら、やはり同じく特殊な人生を送って来た方がいいだろう……。

という流れから、最強にして最悪と呼ばれたドラゴン、世界中から恐れられる魔法の使い手である女の子、魔王の娘、という構図と相成ったわけであります。

いわば彼らは、勇者を含めて「規格外」であるが故に社会からつまはじきにされてしまった者たち、居場所をなくしてしまった者たちでありまして、そうしたヒトたちが集まって暮らせば面白おかしいことになるだろうと、執筆に至りました。

なにやらごたまぜ感のある四人ではありますが、作者としては楽しく書かせて頂きましたので、読んだ方々にも可愛がって頂けると嬉しく思います。

そして！　なんだ割と面白いじゃん、と思われた、そこの素晴らしい方！

ぼくはＨＪ文庫というレーベルでも「魔王使いの最強支配」という作品を書いておりますので、よろしければそちらもぜひ、へへっ、お願いいたしやす（卑屈な笑み）。

最近、へりくだることに抵抗がなくなってきました。生きていければそれでええんや〜。

ただあまりやり過ぎてもぼくの株が下がる一方なので、この辺りで謝辞に移らせて頂ければと思います。

担当のM様、S様。著作が数十作を超える新人、という非常に厄介で扱い辛いぼくに優しく接して下さいまして、本当にありがとうございます。お二人のおかげで投稿した時以上の作品に仕上げることができました。

イラスト担当のさなだケイスイ様。初手からイメージバッチリな家族を描いて頂き誠にありがとうございます。特にイヴに関しましては意外な方向から来たなと思った次の瞬間「いや、違う、まさにこれこそがイヴじゃないか！」と拳を握りしめてしまうほどの魅力がありました。

様々な場面で感想を下さる方々。いつもありがとうございます。皆様のお言葉は何よりの原動力でございます。

そして何より、本作をお読み頂いた全ての方々へ。

最大限の、感謝を。

それではまたお会いできる日を、楽しみにしております。

八月　空埜一樹

Twitterアカウント：@sorano009

講談社ラノベ文庫

勇者《ゆうしゃ》と呼《よ》ばれた後《あと》に
—そして無双男《むそうおとこ》は家族《かぞく》を創《つく》る—

空埜一樹《そらのかずき》

2022年8月31日第1刷発行

| | |
|---|---|
| 発行者 | 森田浩章 |
| 発行所 | 株式会社　講談社<br>〒112-8001 東京都文京区音羽2-12-21 |
| 電話 | 出版　(03)5395-3715<br>販売　(03)5395-3608<br>業務　(03)5395-3603 |
| デザイン | 柊椋(I. S. W DESIGNING) |
| 本文データ制作 | 講談社デジタル製作 |
| 印刷所 | 株式会社ＫＰＳプロダクツ |
| 製本所 | 株式会社フォーネット社 |

KODANSHA



ISBN978-4-06-529108-5　N.D.C.913　322p　15㎝
定価はカバーに表示してあります

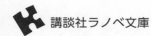

講談社ラノベ文庫

# S級学園の自称「普通」、可愛すぎる彼女たちにグイグイ来られてバレバレです。

著:裕時悠示　イラスト:藤真拓哉

「アンタと幼なじみってだけでも嫌なのにw」「ああ、俺もだよ」「えっ」

学園理事長の孫にしてトップアイドル・わがまま放題の瑠亜と
別れた和真は「普通」の学園生活を送ることにした。

その日を境に、今まで隠していた和真の超ハイスペックが次々と明らかになり――。

裕時悠示×藤真拓哉が贈る「陰キャ無双」ラブコメ、開幕！